KB147896

아카식

AKASHIC

아카식

우리가 지나온 미래

해원 장편소설

TXTY

등장인물 소개

홍선영(여, 31세)

취재는커녕, 동네조차 벗어나 본 적 없는 인터넷 신문사 기자. 자극적인 기사로 클릭을 유도하는 일명 '기레기'다. 집에만 틀어박혀 있는 소심한 은둔형 외톨이기도 하다. 세상에서 유일하게 믿고 따르던 언니가 사라진 후, 인류의 미래가 걸린 거대한 사건에 휘말린다.

홍은희(여, 32세)

어린이 복지 재단에서 일하는 선영의 친언니. 거칠고 까칠한 성격이지만, 동생인 선영을 진심으로 아끼고 위한다. 서울에서 부산으로 향하던 KTX 열차가 사라지는 전대미문의 사건이 벌어지고, 열차에 타고 있던 은희 또한 홀연히 사라진다.

데미안 장(남, 34세)

주한 미국 대사관 직원. 한국에서 태어나 미국에서 성장한 검은 머리 외국인이다. 좀처럼 속내를 드러내지 않는 포커페이스. 모종의 이유로 선영과 함께 은희를 찾아 나선다.

제레미 아이즈너(남, 65세)

기업형 범죄 조직 케테르 재단의 수장이다. 무기와 마약 밀거래, 돈세탁, 사기까지 서슴지 않는 악당. 한때는 이름난 수학자였다. 범죄자에게 어울리지 않는 전직을 가진 것처럼, 그가 범죄를 저지르는 이유 또한 돈 때문만은 아니다.

그림자

홀연히 나타나 사람을 죽인 후, 흔적 하나 남기지 않고 사라진다. 오직 케테르 재단을 위해서 일하는 킬러. 그림자의 정체를 아는 사람은 제레미 아이즈너뿐이다.

올빼미(여、26세)

북한 특수부대 출신의 용병. 케테르 재단에 고용되어 해결사 노릇을 한다. 한번 맡은 일은 끝장을 볼 때까지 끈질기게 물고 늘어진다.

민병천(남、9세)

욕설과 비아냥을 입에 달고 사는 금쪽이.

민병우(남、8세)

병천의 동생. 돌아서면 배가 고픈 먹보.

고춘희(여、10세)

아침드라마로 한글을 떼고, 막장 드라마로 세상을 배운 소녀. 병천, 병우와 함께 케테르 재단이 관리하는 정체불명의 시설에 갇혀 있다.

문호동(남、9세)

은희가 유괴한 아이. 사라진 열차와 함께 실종된다. 세상이 감당할 수 없을 만큼 특별한 능력을 지녔다.

목차

1. 사고

고막을 때리는 사이렌 소리에 눈이 번쩍 뜨였다.

소파에서 새우잠을 자던 참이었다. 저녁을 먹고 드러누워 텔레비전을 보고 있었던 것까지는 기억이 난다. 나도 모르게 잠이 든 모양이다.

머리맡을 더듬어 휴대폰을 집어 들었다. 재난 문자 한 통이 와 있었다.

「오늘 오후 6시 30분, 서울역을 떠나 부산으로 향하던 KTX 070 열차 사고로 인해, 금일 경부선 운행이 전면 중단됐습니다. 이용에 참고 바랍니다.」

나는 한 번도 기차를 타 본 적이 없다. 그 흔한 지하철조차도.

사고가 어떻게 났기에 열차 운행이 중단됐다는 건지 짐작조차 할 수 없었지만, 기삿거리로는 충분해 보였다.

아니나 다를까 카카오톡 앱에 숫자 1이 떠 있었다.

「금일 기사 작성 요령

(1) 070 열차 관련 기사 집중 작성

(2) 다음 단어를 제목에 삽입 / 참사, 충격, 참혹, 참담, 가혹, 경악, 끔찍, 기겁

(3) 다음 내용을 소스로 활용할 것.」

편집장은 소스라는 거창한 말로 포장했지만, 재난 문자 내용을 되풀이한 것에 불과했다.

졸린 눈으로 포털사이트 뉴스를 뒤적거리며 무슨 일이 일어난 건지 알아보았다. 클릭을 유발하는 자극적인 제목. 판에 박힌 내용들. 내가 속해 있는 뉴 데일리 코리아도 의미 없는 기사를 부지런히 찍어 내고 있었다. 어떤 사고인지 알 수 있을까 싶어 기사를 샅샅이 뒤져 봤지만, 기대한 내가 바보였다.

SNS도 사정은 마찬가지였다. X, 인스타그램, 페이스북, 틱톡까지 훑었지만, 열차에 무슨 일이 일어났는지 아는 사람은 한 명도 없었다. 열차 운행이 중단되는 바람에 발이 묶였다는 하소연, 열차에 탄 가족과 연락이 닿지 않는다며 걱정하는 글이 대부분이었다.

「우리 언니 6시 30분 차 탄다고 했는데 아직 연락이 안 돼. 뭔 일 생긴 건 아니겠지 ㅠㅠ」

누군가 쓴 트윗을 멍하니 보다가 퍼뜩 정신이 들었다.

시간을 확인해 보니 밤 10시 5분이었다.

"언니?"

불 꺼진 거실에 내 목소리가 울렸다. 언니의 대답은 들리지 않았다.

벌떡 일어나 언니의 방문을 열어젖혔다. 아무도 없었다. 내 방에도, 화장실에도, 다용도실에도 언니는 없었다.

신발장에는 내가 외출할 때 신는 슬리퍼 한 켤레뿐이었다. 언니가 출근할 때 신고 나간 검은색 부츠는 보이지 않았다.

지난 1년 동안, 언니는 늘 9시 전에는 집에 돌아왔다. 야근하는 날에도, 출장이 있는 날에도.

「언제 들어와? 무슨 일 있어?」

언니에게 문자를 보냈다. 입술을 잘근잘근 씹으며 답장을 기다렸지만, 소식이 없었다. 평소엔 재깍 답장했었는데.

바쁜 일이 있는 거겠지.

그렇게 자신을 다독여 보려 했지만, 초조한 마음은 좀처럼 가라앉지 않았다.

전화를 걸어 보았다. 통화 연결음이 이어지더니 음성 사서함으로 연결됐다. 두 번, 세 번, 네 번…… 거듭 전화를 걸었지만, 언니는 끝내 받지 않았다.

「왜 연락이 안 되는데? 이거 보는 대로 문자든 전화든

해. 빨리!」

휴대폰을 든 손이 부들부들 떨렸다.

언니의 연락을 기다리며 리모컨을 들고 채널을 돌렸다.

홈쇼핑, 예능, 영화, 애니메이션……

무엇에도 집중할 수 없었다.

교통사고를 당해 도로 위에 널브러져 있는 언니.

육교에서 내려오다 발을 헛디뎌 고꾸라진 언니.

묻지 마 칼부림에 당해 길바닥에 쓰러진 언니.

괴한에게 납치된 언니.

끔찍한 상상만 떠올랐다.

언젠가 유튜브에서 본 것처럼 숨을 깊이 들이마시고, 천천히 내쉬었다.

푸른 하늘 아래, 끝없이 펼쳐진 아름다운 초원 위에 홀로 서 있다고 상상하며. 따사로운 햇살을 느끼고, 시원하게 부는 산들바람을 즐기며……

마음이 진정되기는커녕, 조바심만 더 커졌다. 명상 따위는 포기하고, 기계적으로 리모컨을 눌렀다. 연신 휴대폰을 흘끔거렸지만, 언니의 연락은 없었다.

─행정안전부가 방금 발표한 내용에 따르면, KTX 070 열차는 대전역을 지나 옥천에 있는 어느 철교를 건너던 중에 연락이 끊겼다고 하는데요, 당시 열차에는 탑승객과 승무원 포함, 186명이 타고 있었던 것으로 확인됐습니다.

공중파 채널에서는 뉴스 속보가 한창이었다.

—저희 취재진이 사고 현장 부근에 나가 있다고 하는데요, 새로운 소식이 있는지 알아보겠습니다.

화면에 마이크를 든 기자가 나타났다. 그는 하천을 지나는 다리 위에 서 있었다. 다리 뒤편에는 성벽을 연상케하는 높은 하얀색 장벽이 버티고 있었다. 공사장에서 쓰는 가림막이었다.

—저는 지금 옥천군 군서면에 있는 상중교라는 다리위에 서 있습니다. 제 뒤로 가림막이 보이실 텐데요, 그너머에 070 열차와의 연락이 두절된 철교가 자리하고 있습니다.

카메라는 다리 진입로 주변에 늘어선 군인들을 비췄다. 경광봉을 들고 도로를 막고 있는 경찰관도 보였다.

—보시다시피 경찰과 군이 현장을 엄격하게 통제하고있는 상황입니다. 현재로선 070 열차가 어떤 상태인지, 탑승객들은 무사한지 확인할 방법이 없습니다.

아수라장이 된 열차 안, 피투성이가 된 채 쓰러져 있는언니의 모습이 떠올랐다.

재수 없는 생각 좀 하지 마!

고개를 세차게 흔들며, 망령된 상상을 떨쳐 냈다.

—……열차 사고는 이번이 처음이 아니죠. 그동안 크고 작은 사고가 끊이질 않았는데요. 1977년 전라북도 이

리역에서는 화재로 인한 열차 폭발 사고가 있었고, 1995년 충청북도 괴산에선 무궁화호 열차가 전복된 적이 있습니다. 2003년, 서울행 새마을호 열차 탈선 사고도…….

앵커가 문득 말을 멈추었다. 그는 이어폰을 끼고 있는 왼쪽으로 고개를 살짝 기울이더니, 다시 정면을 바라보았다.

—시청자 여러분, 방금 저희 보도국으로 070 열차에 타고 있는 승무원과 탑승객, 186인의 명단이 들어왔습니다. 잠시 후, 화면 하단으로 이름과 나이가 지나갈 텐데요…….

나는 텔레비전 앞으로 바짝 다가섰다.

—연락이 닿지 않는 가족, 친지가 있다면 명단을 살펴봐 주시길 바랍니다.

화면 아래, 탑승객들의 이름이 나타났다. 눈을 부릅뜨고 가로로 흘러가는 이름을 하나하나 확인했다. 언니의 이름이 없다는 걸 확인해야 조금이나마 마음이 놓일 것 같았다.

내 바람이 무너지기까지, 오랜 시간이 걸리지 않았다.

「홍은희(32세, 여)」

2. 자매

눈을 뜨자마자, 낯선 얼굴이 시야로 뛰어들었다.

알아보겠어?"
"누군지

남자처럼 짧게 깎은 머리카락.

하얗고 단정한 얼굴. 새카만 눈동자.

모르는 여자였다.

기억나?"
"그러면 네 이름은?

내 이름이 뭐지……?

아무것도 떠오르지 않았다.

여자는 내 얼굴을 들여다보며 한숨을 내쉬었다.

"네 이름은   홍선영이야.

넓을 홍, 아름다울 선,

빛날 영."

홍선영…….

속으로 내 이름을 중얼거렸다.

남의 이름처럼 낯설게 느껴졌다.

"나는 네 언니고.

이름은 홍은희."

"언……니?"

"천지간에 너하고 나, 둘뿐인데.

하나뿐인 언니 이름도 까먹냐?"

2024년 4월, 서울 한복판에서 8중 추돌 사고가 일어났다. 세 명이 죽고 열여섯 명이 중상을 입었다. 나는 중상을 입은 열여섯 명 중 하나였다. 심각한 뇌 손상을 입은 채 병원에 실려 갔고, 그 길로 혼수상태에 빠졌다.

　의식을 되찾은 건 작년 봄이었다. 의사는 내가 뇌 손상으로 인한 전생활건망증을 앓고 있다고 했다. 영화나 드라마에 흔히 나오는 기억상실증 환자가 되었다는 것이다.

　부모님은 우리가 어릴 때 돌아가셨다고 한다. 우리는 친척 집을 전전하며 컸고, 어른이 된 후에는 서울로 올라와서 함께 살았다. 일찌감치 취업에 성공한 언니와 달리, 나는 만년 취업 준비생이었다. 사고를 당한 그날도 면접을 망치고 집에 돌아오던 길이었다고 한다.

　내가 잠들어 있는 동안, 언니는 대소변까지 받아 가며 나를 돌보았다고 한다. 깨어난 뒤에는 집으로 데려와 먹이고, 입히고, 재워 주었다고.

　언니는 내 뇌가 굉장히 취약한 상태라고 했다. 아주 작은 충격으로도 뇌 안을 돌아다니는 피가 굳어 버릴 수 있다는 것이다. 누가 장난으로 뒤통수를 때려도, 어디선가 날아온 테니스공에 맞아도, 벌에 머리를 쏘여도, 심지어 새똥에 맞아도. 피가 굳는 혈전 현상이 일어나면 나는 순식간에 뇌사에 빠질 것이다. 무슨 일이 벌어진 건지 깨닫기도 전에 요단강을 건너게 될 테고.

덕분에 나는 본의 아닌 칩거 생활 중이다.

언니는 그런 나를 내다 버리지 않고 살뜰히 돌보았다. 냉장고와 찬장이 비지 않도록 채워 주었고, 나 대신 병원에 들러 약을 타다 주었다.

가끔 그런 생각을 한다. 언니는 전생에 나라라도 팔아먹은 걸까? 무슨 죄를 지었기에 한창 나이에 연애도 못하고 다 큰 동생 뒤치다꺼리나 해야 하는 건지.

언니는 내 병원비를 혼자 감당하느라 많은 빚을 졌다. 조금이나마 보탬이 되고 싶었다. 집에서 할 수 있는 일거리를 찾았다. 기억상실증을 앓고 있으며, 머리가 좋은 편은 아니고, 어딘가 어눌한 사람도 할 수 있는 일이 필요했다. 아무리 찾아봐도 내가 할 만한 일은 보이지 않았다.

보다 못한 언니가 인터넷을 뒤져 어뷰징 기사 쓰는 일을 구해다 주었다. 남의 기사를 복사, 붙여넣기 한 다음에 단어 한두 개, 문장 순서만 바꿔서 새로운 기사로 탈바꿈하는 일이었다. 한국어만 할 줄 알면 누구라도 할 수 있는 일이었다.

언니는 내가 누군지 알려 주었다. 내가 잊어버린 지난 삶을 가르쳐 주었다. 최소한의 사람 구실을 할 수 있게 도와주었다.

그런 언니가 곁에 없다. 생사조차 알 수 없다.

가슴이 미어졌다.

잠깐만. 미어지긴 뭘 미어져? 호들갑 떨지 마. 동명이인일 수도 있잖아. 세상에 서른두 살 먹은 홍은희가 한 명뿐이겠어?

언젠가 유튜브에서 이런 영상을 본 적이 있다.

〈양자역학과 소원 성취의 역학 관계〉

양자역학에 따르면 세상 만물은 일정한 진동수로 흔들리는 파동으로 이루어져 있다. 우리의 감정 또한 마찬가지다. 긍정적인 마음은 긍정적인 파동을 일으켜, 긍정적인 결과를 가져온다. 부정적인 마음은 부정적인 파동을 일으켜, 될 일도 안 되게 만든다. 이것이 긍정의 힘. 원하는 것을 손에 넣는 끌어당김의 법칙이다!

영상이 끝나고, 나는 긴 한숨을 내쉬었다. 또 시간을 하수구에 흘려보냈구나, 자책하며.

이제 내가 기댈 곳은 그 터무니없는 영상뿐이다. 나는 언니로부터 연락이 올 거라고 믿으면서, 간절한 마음으로 휴대폰을 응시했다.

끌어당김의 법칙이 통한 걸까? 갑자기 전화가 왔다. 낯선 번호였지만 부리나케 전화를 받았다. 휴대폰이 고장 났거나 배터리가 나가서 다른 사람 것을 빌렸을지도 모른다.

"여보세요? 언니야?"

—홍선영 씨 맞습니까?

무미건조한 남자 목소리가 들렸다.

기대감에 한껏 부풀었던 어깨가 바람 빠진 풍선처럼 가라앉았다.

"그런데요…….'

—경찰입니다. 070 열차 사고 관련해서 전화드렸고요.

경찰이라는 말에 눈앞이 깜깜해졌다.

—언니분 성함이 홍은희 맞죠?

"…….'

—듣고 계세요?

"맞아요…….'

겨우 입을 열었다.

—홍은희 씨가 열차에 타신 걸로 확인이 됐습니다. 오늘은 통보차 연락드린 겁니다.

집 안에는 언니의 흔적이 가득했다.

언니가 당근마켓에서 구한 소파. 카드회사 이벤트에 당첨되어 받아 온 텔레비전. 인터넷 쇼핑몰을 보며 함께 고른 식탁과 의자. 방구석에 우두커니 서 있는 오락 기계.

〈차원 수비대〉는 우리가 어릴 때 즐겨 하던 게임이었다고 한다. 언니와 나는 전투기 한 대로 차원을 넘나들며 음모를 꾸미는 악당들에 맞서 싸웠다. 언니는 동전 하나로 끝판왕을 쓰러뜨리는데 나는 스테이지1도 깨지 못했다.

언니는 철 지난 게임기뿐만 아니라 먼지 풀풀 날리는

오래된 물건들을 좋아했다. 책상 위에는 햄(HAM)이라고 불리는 아마추어 무선 통신 장비가 놓여 있었다. 창문 밖에는 햄과 연결된 작은 안테나가 설치되어 있었는데, 철사로 된 옷걸이를 펼쳐 놓은 것 같았다. 언니는 이름도 모르는 누군가가 보낸 모스부호를 수신하고, 답신을 보내곤 했다.

"4차 산업혁명 시대에 뭔 지지리 궁상인데?"

"너는 기억만 상실한 게 아닌 것 같다. 낭만도 상실한 거야."

내가 핀잔을 주면, 언니는 비아냥거림으로 되갚곤 했다.

책상 옆 진열장에는 삐삐와 워크맨, CD플레이어, 엠씨스퀘어, PMP(휴대용 미디어 플레이어) 등이 빼곡하게 늘어서 있었다.

언니는 늘 다마고치를 들고 다니곤 했다. 달걀 모양의 게임기 속에 병아리 한 마리가 살고 있다. 배고프다고 삐악거리면 밥을 주고, 아프다고 징징거리면 약을 먹였다. 심심하다고 투덜거리면 놀아 주었다.

"얘 좀 봐. 먹고 바로 드러눕는 게 너랑 판박이 아니냐?"

하나뿐인 동생을 다마고치 취급하며 속을 뒤집어 놓곤 했다.

나는 언니의 침대에 걸터앉아 멍하니 방을 둘러보았다.

주인 잃은 다마고치가 된 기분이다.

뜬눈으로 밤을 새웠다.

거실 바닥에 드리운 아침 햇살을 멍하니 보다가 소파에서 엉덩이를 뗐다.

습관처럼 싱크대로 걸어가 서랍을 열었다. 약봉지를 집어 드는데, 손아귀가 허전했다. 봉지를 열어 보니 안이 텅 비어 있었다.

어제 아침에 먹은 약이 마지막이었다.

"매일 아침, 까먹지 말고 꼬박꼬박 챙겨 먹어. 이게 네 생명 줄이니까."

언니는 이 약이 내 뇌에 혈전이 생기지 않도록 도와줄 거라고 했다. 하루라도 빼먹으면, 그만큼 죽을 확률이 높아진다고 했다. 언니는 약이 떨어지기 전, 칼같이 병원에 들러 새로 약을 타다 주었다. 언니가 무사히 집에 돌아왔다면 오늘도 약을 먹으며 하루를 시작할 수 있었을 것이다.

지금 당장 뇌에 혈전이 생겨 쓰러진다면…… 누가 날 구해 줄 수 있을까?

응급처치를 해 줄 사람도, 119에 신고해 줄 사람도, 의사에게 내 상태를 설명해 줄 사람도 언니뿐인데.

언니 없이 혼자 살아갈 자신이 없다.

언니를 찾아야 한다. 뭘 어떻게 해야 할지는 모르겠

지만.

하룻밤이 지났는데도, 정부는 말이 없었다. 열차가 겪을 수 있는 사고는 그렇게 많지 않다. 다른 열차와의 충돌, 탈선, 화재, 폭발……. 그런데도 정부는 어떤 일이 벌어졌는지조차 발표하지 않고 있다. 덕분에 음모론자들만 신이 났다. SNS와 유튜브에서는 무능하고 부패한 정권이 국민들의 심판을 피하려 저지른 자작극이라는 둥, 사이비 종교 집단이 인신 공양을 목적으로 벌인 일이라는 둥, 북한의 테러라는 둥 말 같지도 않은 소리만 창궐했다.

예전의 나였다면 말 같지도 않은 소리만 골라서 기삿거리로 써먹었을 것이다. 조회 수만 올릴 수 있다면 사실은 왜곡하고, 진실은 호도하는 것이 기레기의 본분이니까. 이제는 입장이 달라졌다. 남의 속도 모르고 음모론이나 지껄이는 걸 보니 속에서 천불이 났다.

SNS를 뒤적거리고 있는데, 070 열차 탑승객의 가족, 친지들이 대전으로 향하고 있다는 소식이 눈에 띄었다. 사고 현장인 옥천과 가까운 대전 동부 소방서에 사고 대책 본부가 마련되었기 때문이다. 그들은 묵묵부답인 정부를 압박하고, 가까운 이들의 생사를 확인하려 했다.

이 나라는 국민에게 별 관심이 없다. 대형 참사가 터지면, 정부는 면피하기 바빴다. 책임져야 할 사람들은 숨어 버렸다. 아랫사람들은 남 탓을 하며 자리를 보전하려 했다. 피해자들이나 그 가족들은 철저히 외면당했다. 대형 참사가 벌어질 때마다 같은 일이 반복됐다. 정부를 믿는 건 바보 같은 짓이다. 나 같은 기억상실증 환자도 안다.

　방구석에 앉아 질질 짜고 있을 수는 없었다. 나도 대전으로 가기로 했다.

　언니는 빚까지 져 가면서 내 뒤치다꺼리를 했다. 이젠 내가 언니를 돌볼 차례다.

　천지간에, 우리 둘뿐이니까.

3。 외출

"**넌** 어떻게 운동화 끈도 제대로 못 묶냐?"

언니는 혀를 차며 풀린 운동화 끈을 묶어 주곤 했다. 언니의 매듭은 단단하고 빈틈이 없었다. 나도 언니처럼 묶어 보려 했지만 금세 풀리곤 했다.

신발장에서 운동화를 꺼내다가 언니 생각이 났다. 하마터면 눈물을 쏟을 뻔했다.

울긴 왜 울어? 누가 죽은 것도 아니고.

입술을 꾹 다물고 슬픔을 삼켰다.

반드시 언니를 집에 데리고 오리라 다짐하며, 운동화 끈을 힘주어 묶었다.

일주일에 한두 번, 언니와 산책을 나서곤 했다. 산책이라고 해 봤자 한밤중에 가까운 편의점에 다녀오는 것이 전부였지만.

밤이 오면 거리에 인적이 드물어졌다. 누군가와 부딪쳐 머리를 다칠 걱정은 하지 않아도 됐다. 새들도 자러 갔을 테니, 정수리에 새똥을 맞을 일도 없었다. 무엇보다 내 곁에는 언니가 있었다. 그 사실만으로도 마음이 든든했다.

대낮에 혼자 집을 나서는 건 처음이었다. 늘 다니던 길인데, 처음 온 동네처럼 낯설게 느껴졌다. 행인이 스쳐 지나갈 때마다 움찔거리며 놀랐다. 다행히 아무도 내 뒤통수를 후려치지 않았다. 전동카트를 탄 여자가 나를 보며 웃어 주었다. 한때 야쿠르트 아주머니라고 불렸던 프레시 매니저다. 유튜브에서 본 적 있다. 야쿠르트는 사지 않았다. 대신 어색한 미소를 지어 보였다.

길모퉁이를 지나는데 빨간색 킥보드를 탄 청년이 불쑥 튀어나왔다. 하마터면 부딪힐 뻔했다. 놀란 가슴을 쓸어내리며 킥보드 청년을 찾았지만, 이미 사라진 뒤였다. 한 박자 늦게 화가 치밀어 올랐다. 속으로 구시렁거리며 걸음을 옮기는데, 언니와 자주 찾던 편의점이 보였다. 밤에 가게를 지키던 젊은 여자 대신, 인상 더러운 아저씨가 앉아 있었다.

언니와의 산책은 늘 여기서 끝났다. 보이지 않는 경계선이라도 있는 것처럼, 우리는 방향을 돌려 집으로 돌아가곤 했다.

언니, 내가 갈게. 조금만 기다려.

나는 미지의 영역으로 발을 내디뎠다.

괜히 나왔어.

동네를 벗어나자마자 후회가 밀려왔다.

대로변은 인파로 북적이고 있었다. 행인이 내뿜은 매캐한 담배 연기가 콧속을 파고들었다. 정신없이 콜록거리다가 마주 오던 사람과 부딪힐 뻔했다. 휴대폰을 들여다보고 있는 여학생이었다. 그녀는 눈이 먼 로켓처럼 갈지자로 걸어갔다. 여전히 휴대폰에서 눈을 떼지 못한 채.

눈먼 로켓은 한두 명이 아니었다. 나는 〈차원 수비대〉를 하는 것처럼 눈먼 로켓들을 요리조리 피하며 앞으로 나아갔다.

저만치 앞에서 홍해가 갈라지듯, 행인들의 대열이 좌우로 갈라졌다. 백발이 성성한 노인이 리어카를 끌고 대로변을 지나갔다. 흩어지는 사람들을 피해 가며, 지하철역을 향해 걸음을 옮겼다.

집에서 나오기 전에 대전까지 가는 방법을 검색해 보았다. 경부선 운행이 중단되었으니, 고속버스를 타는 수밖에 없었다. 동네에서 지하철을 타고 고속 터미널까지 간 다음, 고속버스로 갈아타고 대전에 도착한 후, 다시 대전 시내버스로 갈아타고 동부 소방서까지 가야 한다. 남들에게는 대수롭지 않은 여정일지 몰라도, 나에게는 외국에 나가는 것처럼 멀고, 버겁게 느껴졌다. 나는 할 수 있다고, 아니 해야만 한다고 자신을 다그쳤다.

할 수 있기는 개뿔. 살아서 고속 터미널에 도착할 수 있을지조차 모르겠다.

식은땀을 줄줄 흘리며 지하철역에 도착했다. 한산한 플랫폼에서 한숨 돌리고 있는데, 지하철이 도착했다. 지금까지 내가 겪은 건 아무것도 아니었다. 눈앞에 지옥이 펼쳐져 있었다.

열차 안은 발 디딜 틈도 없었다. 이마에 흥건한 땀방울을 닦아 내고 싶은데 팔을 들 수조차 없었다. 빈틈없이 맞물려 있는 시계태엽 사이에 낀 것 같았다. 이마에서 흘러내린 땀방울이 볼을 타고 미끄러졌다. 소리 없이 흐르는 눈물처럼.

고속 터미널에 도착했을 땐 녹초가 되어 있었다.

터미널 안은 서울을 떠나려는 사람들로 가득했다. 버스표를 파는 키오스크 앞에도 줄이 길게 늘어서 있었다. 한참을 기다린 끝에야 키오스크 화면을 마주할 수 있었다.

목적지가 적힌 네모 칸이 화면을 가득 채웠다. 아무리 들여다봐도 대전을 찾을 수가 없었다. 키오스크 사용법을 몰라 곤란을 겪는 노인이 많다더니. 내가 그 노인이었다. 등 뒤에서 하늘이 무너지는 듯한 한숨 소리가 들렸다. 돌아보니 줄이 길게 늘어서 있었다. 발등에 불이 떨어진 것처럼 초조해졌다.

필사적으로 대전을 찾고 있는데, 불쑥 나타난 손가락이 화면 귀퉁이를 눌렀다. 거기에 대전이 있었다.

뼈마디가 굵고 기다란 손가락이었다.

은은한 향수 냄새가 풍겼다. 좋은 냄새 덕분인지, 곤두 선 신경이 조금 누그러졌다.

큰 키에 멀끔한 얼굴을 한 남자가 나를 물끄러미 보고 있었다. 짙은 눈썹. 둥글고 시커먼 눈. 속을 알 수 없는 무심한 표정.

"가, 감사합니다……."

꾸벅 인사를 하고는, 가장 빨리 출발하는 버스표를 샀다.

그러고 보니, 처음으로 낯선 사람과 말해 본다.

내가 대화라고 할 만한 걸 나눴던 사람은 언니가 유일했다. 편의점 아르바이트생과는 '예, 아니요' 두 마디를 해 본 게 전부였다.

"끈 풀렸습니다."

키오스크를 벗어나는데, 남자가 불쑥 말을 건넸다.

내려다보니 운동화 끈이 풀려 있었다. 제법 단단하게 매듭지었는데도…….

쪼그려 앉아 주섬주섬, 운동화 끈을 다시 묶었다. 남자는 내가 일어날 때까지 묵묵히 곁을 지켰다. 속을 알 수 없는 눈으로 나를 빤히 쳐다보면서. 어쩐지 민망하고 쑥스러워서 얼굴을 들 수가 없었다. 남자에게서 등을 돌리며 화장실을 찾았다. 버스 출발 시간이 얼마 남지 않았다. 서둘러 볼일을 마치고, 탑승 게이트로 달려갔다. 대전 가는 버스가 나를 기다리고 있었다.

시끌벅적한 터미널과 달리 버스 안은 조용했다. 자리를 찾아 시트에 몸을 파묻었다. 은근한 안도감이 밀려왔다.

문득 나를 보던 남자의 얼굴이 떠올랐다.

어느 집 자식인지는 몰라도 잘생겼어. 키도 크고.

잠깐만. 지금 뭘 생각을 하는 거야? 언니의 생사도 모르는 판국에.

고개를 저으며 쓸데없는 생각을 떨쳐 내려는데, 문득 등골이 오싹해졌다.

내가 대전 가는 건 어떻게 알았지?

남자는 어딜 가냐고 물어보지도 않고 대전을 눌렀다.

버스가 천천히 움직이기 시작했다. 창밖을 보니, 텅 빈 게이트에 그 남자가 서 있었다. 나를 지그시 바라보고 있었다. 속을 알 수 없는 얼굴로.

귀신이라도 본 것처럼 머리카락이 곤두섰다. 서둘러 커튼을 닫았다. 남자의 모습이 시야에서 사라졌다.

"아가씨?"

"……."

"다 왔어요. 일어나요."

인기척에 부스스 눈을 떴다. 버스 기사가 나를 내려다보고 있었다.

잠이 덜 깬 몽롱한 상태로 버스에서 내렸다. 분명히 겁에 질린 채 서울을 떠났는데, 어느 순간 까무룩 잠에 빠졌다.

잠이 오냐? 이 판국에?

내 정신머리는 어떻게 생겨 먹은 걸까. 머리 뚜껑을 열어서 확인하고 싶다.

대전 고속버스 터미널을 나와서 시내버스로 갈아탔다. 얼굴에 수심이 가득한 승객이 여럿 있었다. 나처럼 가족을 찾으러 온 건가 싶었는데, 아니나 다를까. 전부 같은 정류장에서 내렸다.

대전 동부 소방서 앞에 모인 사람은 어림잡아도 3, 40명 정도는 되어 보였다.

"그 큰 기차가 하늘로 날랐겠어? 땅으로 꺼졌겠어? 뭔 일인지도 모른다는 게 말이 돼?"

"사고 현장은 왜 막아 놓은 건데요? 뭘 숨기려고?"

"생사라도 알려 줘라! 생사라도!"

경찰관들이 소방서 출입구 앞에 인간 바리케이드를 치

고, 사람들과 대치하고 있었다.

"장관이든 총리든 대통령이든, 설명해야 할 거 아니에요? 어떻게 된 건지!"

"책임자 나와!"

"나와라! 나와라! 나와라!"

사람들이 자연스레 목소리를 맞추며 구호를 외쳤다. 촛불집회의 나라 아니랄까 봐.

"나와라⋯⋯."

작은 목소리나마 힘을 보탰다.

초록색 민방위복을 걸친 중년 남자가 경찰관들을 비집고 나왔다.

"여러분! 일단 진정들 하시고요. 제 말 좀 들어 주십시오."

"당신은 뭔데?"

"저는 여기 사고 대책 본부에 참여하고 있습니다."

"직급이 뭐냐고?"

"저는 원래 대전 시청 공무원인데요⋯⋯."

"책임자 나오라니까? 왜 시다바리를 내보내고 지랄이야?"

곳곳에서 야유가 쏟아졌다.

"어르신⋯⋯ 좋은 우리말 놔두고, 시다바리라뇨."

"여기가 노인대학 국문학과야? 됐고, 책임자 나오라고

해!"

"진정들 하시고요. 우리 정부를 믿고 기다려 주십시오. 사고 난 지 얼마 안 지났잖습니까."

남자가 너스레를 떨며 분위기를 누그러뜨리려 했지만, 씨알도 먹히지 않았다.

"나는 1분이 10년 같다고!"

누군가의 통곡을 시작으로, 여기저기서 흐느끼는 소리가 이어졌다. 듣고 있는 나도 코끝이 찡해졌다.

"감시 카메라도 있고, 요즘에는 드론 같은 것도 있는데, 열차가 어떻게 됐는지는 알아냈을 거 아뇨?"

"지금 수단 방법을 가리지 않고 상황을 파악 중입니다. 정부를 믿고 기다려 주시면⋯⋯."

뒤에서 웅성거리는 소리가 들렸다. 사람들이 하나둘 고개를 돌려 소방서로 들어서는 검은색 세단을 주시했다.

"저거 관용차 아냐?"

"안에 누구야? 총리 아냐?"

웅성거림은 걷잡을 수 없이 커져 갔다.

"여러분? 여기 좀 주목해 주세요!"

마음이 급해졌는지, 공무원이 사람들을 향해 손을 흔들어 댔다.

"저거 관용차 아니고요, 저하고 얘기합시다. 네?"

그의 필사적인 노력은 의심을 확신으로 바꿔 놓았을 뿐

이다.

사람들이 앞다투어 세단을 향해 몰려갔다. 나도 따라가려는데, 누가 내 등을 거세게 밀쳤다. 몸을 가누지 못하고 앞으로 고꾸라졌다.

눈에 불똥이 튀었다.

나는 반사적으로 머리를 감싸 쥔 채 몸을 웅크렸다. 사람들이 내 몸을 훌쩍 뛰어넘어 갔다. 육상경기장에 설치된 허들이 된 기분이었다. 누가 밟을까 봐 겁에 질려 있는데, 누군가 선뜻 손을 내밀었다.

"고, 고맙습니다……."

내민 손을 맞잡으려는데, 상대가 불쑥 몸을 숙이며 내 머리카락으로 손을 뻗었다. 나는 깜짝 놀라서 머리를 움츠렸다.

"뭐가 붙어 있네요."

상대가 내 머리카락에 엉겨 붙어 있던 것을 조심스럽게 떼어 냈다.

"굳은 새똥 같은데."

아래로 떨어지는 신선한 새똥이 내 머리를 강타했다면, 거품 물고 죽을 수도 있었다.

안도의 한숨을 내쉬는데, 낯익은 향수 냄새가 코끝을 간지럽혔다.

고개를 들자 훤칠한 키, 멀끔한 얼굴을 한 남자가 보

였다.

고속 터미널에서 만났던 이상한 남자가 나를 가만히 내려다보고 있었다.

4。제안

"**나**는 이상한 사람 아닙니다."

남자가 내 속을 들여다본 듯 말했다. 나는 남자를 경계하며 주섬주섬 자리에서 일어섰다.

"서울에서 여기까지…… 날 쫓아온 거예요?"

"네."

솔직한 건 마음에 든다. 스토커만 아니라면 참 좋을 텐데.

"나, 나한테 왜 이러는데요?"

"저 사람들, 아무것도 알아내지 못할 겁니다."

남자가 동문서답을 했다.

세단을 둘러싼 사람들은 총리더러 밖으로 나오라고 고함치며 창문을 두들기고 있었다.

"총리는 아무것도 모르거든요. 070 열차에 무슨 일이 일어났는지."

건물 입구를 막고 있던 경찰관들이 달려와 사람들을 떼어 내기 시작했다. 한바탕 몸싸움이 벌어졌다. 그 와중에 세단은 찔끔찔끔 방향을 틀며 도망치려고 안간힘을 쓰고 있었다.

지리멸렬한 광경을 보고 있자니, 남자가 한 말이 수긍이 됐다.

"나하고 잠깐 얘기 좀 하시죠."

"무슨…… 얘기요?"

"건너편에 카페가 있더군요. 차는 제가 사겠습니다."

"차가 중요한 게 아니라…… 내가 대전 가는 건 어떻게 알았어요?"

남자는 휴대폰을 보면서 뭔가를 읽어 내려갔다.

"서울 지하철 노선도, 교통카드 결제 방법, 고속 터미널 서울 대전 시간표, 고속 터미널 화장실 위치, 버스표 사는 법, 대전 고속버스 터미널에서 동부 소방서로 가는 버스. 어젯밤부터 오늘까지 홍선영 씨가 검색한 내용입니다."

"지, 지금…… 날 해킹……."

한바탕 성질을 쏟아 내고 싶은데, 한국에 처음 온 외국인처럼 말문이 막혔다.

"홍은희 씨에 대해서 해 줄 말이 있습니다."

버벅거리고 있는데, 남자가 말을 끊었다.

그의 입에서 언니 이름이 튀어나오는 순간, 머릿속이 하얗게 변했다.

"우리 언니를…… 알아요?"

"오는 길에 보니 카페에 사람이 많더군요. 안에 감시 카메라도 있을 테고. 내가 나쁜 마음을 먹었더라도 해코지할 수는 없을 겁니다. 그럴 생각도 없고요."

남자가 어떻게 하겠냐는 듯 빤히 쳐다보았다.

그의 말처럼 카페 안은 사람들로 북적거렸다. 감시 카메라도 있었다. 그렇다고 안심이 되지는 않았다. 이 남자는 언니가 누군지 알고 있다. 내 휴대폰을 해킹했고, 여기까지 쫓아왔다. 수상하기 짝이 없다.

우리에 대해서 어떻게 알았을까? 나도, 언니도 인터넷에 개인정보를 흘리고 다니는 타입은 아니다. SNS도 하지 않는다. 계정은 있지만 관상용에 불과하다.

"우리가 누군지 어떻게 알았……."

"케테르 재단."

남자가 말을 끊었다.

"네?"

"들어 본 적 있습니까?"

"없는데……."

"언니가 언급한 적 없습니까?"

"네……."

"올빼미는요?"

뭐라는 거야?

나는 눈을 껌뻑거리며 남자를 바라보았다. 부연 설명은 없었다. 그저 대답을 기다리는 눈으로 나를 마주 볼 뿐이었다.

"……새요?"

"사람입니다."

남자의 표정은 진지했다.

"사람 이름이…… 올빼미라고요?"

"당연히 별명이죠. 대한민국에 올 씨는 없잖습니까."

낯이 뜨거워졌다.

지가 대한민국 성씨를 다 알아? 올 씨 있으면 어쩔 건데?

아이스 아메리카노를 들이켜며 울화를 다스렸다.

"저는 홍은희 씨를 찾고 있습니다."

"우리 어, 언니를요……?"

"저뿐만이 아닙니다. 경찰, 검찰, 국정원. 방금 얘기한 케테르 재단도 홍은희 씨를 찾고 있습니다."

무슨 소린지 알아들을 수가 없었다.

"언니가 뭘, 어쨌다고……."

"다들 홍은희 씨가 070 열차 사건과 관련 있다고 의심하고 있거든요."

"그게 무슨……."

아직 열차에 무슨 일이 벌어졌는지조차 밝혀지지 않았다. 그런데 언니를 의심한다고? 남자는 황당무계한 소리를 늘어놓으면서도, 여전히 진지한 표정을 짓고 있었다.

"정부는 이미 사고 현장 수색을 마쳤습니다. 어제 밤늦게 1차 조사 결과도 나왔고요."

남자가 서류 한 장을 보여 주었다. 경고하듯 빨간색으로 쓰여 있는 대외비 표시가 눈에 확 들어왔다.

탑승객 현황

생존자 : 0

부상자 : 0

사망자 : 0

나는 0의 행렬이 이어지는 서류와 남자의 얼굴을 번갈아 보았다. 장난치는 건지, 진짜 어떤 승객도 찾지 못한 건지 알 수가 없었다.

"제대로 수색한 거…… 맞아요?"

"행정안전부에서 작성한 공식 문섭니다. 숫자를 헷갈렸거나, 장난을 친 건 아닐 겁니다."

186명이 일제히 증발이라도 했다는 건가?

보고도 믿을 수 없었다.

"이 서류를 제공한 정보원은 현 정부 고위직입니다. 새로운 정보가 들어오면 홍선영 씨한테 공유해 드리겠습니다. 대신 절 좀 도와주십시오."

"뭘……요?"

"홍은희 씨에 대해서 알고 있는 모든 걸 얘기해 주십시오."

남자가 명함을 꺼내 나에게 건넸다.

'Public Diplomacy, U.S., Embassy Seoul, Information Management Office, Demian Jang'

알아볼 수 있는 단어는 많지 않았다. 다행히 명함 아래쪽에 한글로 '주한미국대사관'이라고 쓰여 있었다. 이름은 데미안인데 말하는 걸 보면 영락없는 한국인이다. 말로만 듣던 검은 머리 외국인가?

"여기까지 쫓아와서 거짓말이나 늘어놓을 만큼 한가한 사람 아닙니다. 믿으셔도 됩니다."

믿음이 가질 않는다.

무슨 대사관 직원이 남의 뒤를 졸졸 쫓아다니고, 휴대폰을 해킹한단 말인가?

내 미심쩍은 눈빛을 의식하는 듯, 데미안이 어깨를 으쓱했다.

"평범한 대사관 직원은 아니긴 합니다만. 미국 정부와 일하는 건 사실입니다."

데미안은 남은 유자차를 입에 털어 넣고 자리에서 일어섰다.

"오는 길에 야쿠르트 아주머니 봤습니까?"

동네에서부터 날 지켜본 모양이다. 오늘이 처음이 아닐지도 모른다. 집 근처에 죽치고 내가 나오기만을 기다리고 있었던 건 아닐까?

"빨간색 킥보드 타고 다니는 남자도 있고. 리어카를 끌고 다니는 어르신도 있습니다."

"그 사람들은 왜……."

"홍선영 씨를 감시하는 국정원 요원들입니다."

이건 또 무슨 소린지.

"몰래 훔쳐보는 것보다는, 대놓고 말하는 쪽이 낫지 않습니까? 생각해 보고 연락 주십시오."

황당해하는 나를 뒤로하고, 데미안이 카페를 빠져나갔다.

5. 유괴

쾅쾅쾅!

문 두드리는 소리에 잠에서 깨어났다.

해가 중천에 떠 있었다. 머리는 무겁고, 관자놀이가 쿡쿡 쑤시는 듯 아팠다. 간밤에 집에 들어오자마자 방바닥에 대자로 뻗었다. 하루 종일 긴장한 탓인지 철인 3종 경기라도 뛰고 온 것처럼 피곤했다. 3종 경기는커녕 100미터 달리기도 해 본 적 없지만.

쾅쾅쾅!

쾅 소리가 날 때마다 두통이 심해졌다.

인기척이 들릴까 조심조심, 현관문을 향해 다가갔다.

혼자 집에 있으면 종종 사람이 찾아오곤 한다. 잘 차려입은 중년 남녀가 좋은 말씀을 전하러 오기도 하고, 집안에 액운이 가득하니 조상님께 제사를 지내야 한다는 사이비도 온다. 가스 검침원, 우편배달부, 동네 통장이 찾아와 호구 조사를 할 때도 있다.

"누가 오든, 절대로 문을 열어 주지 마. 절대로."

언니는 모두를 의심하라고 했다. 겉보기엔 멀쩡해 보여도, 위장한 강도나 강간범일지 모른다고. 뉴스에선 매일같이 흉악한 사건이 보도된다. 심지어 경찰관을 사칭하며 남의 집에 침입한 일도 있었다.

외시경으로 밖을 내다보았다. 여자 두 명이 나란히 서 있었다. 신경질적인 인상의 젊은 여자가 문을 두드리고 있었다. 풍채 좋고 인상 좋아 보이는 중년 여자가 옆에 서 있었다.

"홍선영 씨?"

젊은 여자의 입에서 내 이름이 튀어나왔다. 나도 모르게 뒷걸음질 치는 바람에 부시럭거리는 소리가 났다.

"안에 계시네. 문 좀 열어 보시죠?"

젊은 여자가 회심의 미소를 지었다. 계속 없는 척한다고 돌아갈 것 같지는 않았다.

"누구신데요……?"

"경찰에서 왔어요."

중년 여자가 부드럽게 말했다.

"문 좀 열어 주면 안 돼요?"

젊은 여자가 투덜거렸다.

070 열차 사고 때문에 찾아온 건가? 어쩌면 경찰을 사칭한 강도일지도 모른다. 여자 둘이 다니면서 강도질하는 경우는 흔치 않겠지만.

고심 끝에 입을 열었다.

"신분증……."

"뭐라고요?"

"신분증…… 보여 달라고요……."

"그러니까 문을 열어야 보여 주죠."

"여기 구멍으로……."

내 말에 젊은 여자가 기가 찬 듯 웃었다.

"뭐가 보이긴 해요?"

중년 여자가 그런 젊은 여자를 나무라며 신분증을 꺼냈다.

"천천히 확인해 보세요."

그녀가 외시경에 신분증을 들이밀었다. 서울 용산 경찰서 여성청소년과 수사팀 소속 경위였다. 물론 신분증도 위조했을 수 있다.

이런 식으로 생각하다간 끝도 없을 것 같았다. 보안 사슬을 채우고 빼꼼히 문을 열었다.

"전화를 여러 번 드렸는데 안 받으시데요?"

젊은 형사가 퉁명스럽게 물었다. 자는 사이에 전화한 모양이다.

"친언니 이름, 홍은희 맞죠?"

"네……."

"연락받으셨겠지만, 홍은희 씨가 KTX 070 열차에 타고 있었거든요. 4번 칸, 11C, 11D. 두 자리 결제하셨고요."

언니는 친구도, 애인도 없지만 직장 동료는 있을 것이다. 그날 아침 집을 나설 때 출장 간다는 말은 없었지만, 급한 일이 생겼는지도 모른다.

"언니가 부산 간다는 얘기 했어요?"

"아뇨……."

"동행이 누군지도 말 안 했겠네요?"

"같은 회사 직원이겠죠……."

"왜 그렇게 생각하실까요?"

중년 형사가 끼어들었다.

"그게…… 언니는 원래 출장을 많이 다녔……."

"출장? 무슨 일로?"

젊은 형사가 말을 자르며 물었다.

"회사 일로……."

"이름이 뭔데요?"

"충선…… 어린이 재단이요."

언니는 부모 없는 아이들에게 새로운 가정을 찾아 주는 일을 한다. 전국의 어린아이들을 만나고 다니는 게 일인 만큼, 출장이 잦은 편이다.

"다닌 지는 얼마나 됐는데요?"

"오래됐는데……."

"정직원이었어요?"

"네……."

"근데 왜 4대 보험이 없죠?"

젊은 형사가 따져 물었다.

"홍은희 씨는 4대 보험에 가입한 적이 없어요. 한 번도."

"충선 어린이 재단이라는 회사는 없어요. 우리가 이미 확인해 봤거든요."

중년 형사가 덧붙였다.

"착각한 거…… 아니에요?"

"없다니까요. 언니가 다니는 회사 가 봤어요?"

젊은 형사가 짜증 가득한 얼굴로 물었다.

"내가 거길…… 왜 가요?"

"인터넷으로 검색은 해 봤죠? 설마 그것도 안 해 봤나?"

"우, 우리 언니 회사원 맞아요! 매일 아침 출근했다고요."

두 형사는 서로를 바라보며 잠시 무언의 대화를 나누었다.

"이거 좀 봐 줘요."

젊은 형사가 문틈 사이로 태블릿 PC를 들이댔다. 감시 카메라 녹화 영상이 재생되고 있었다.

사람들로 북적이는 서울역 로비. 한 여자가 어린 남자애 손을 잡고 광장을 가로질러 갔다.

언니였다.

언니는 결코 다정한 사람이 아니다. 입만 열면 짜증에, 매사에 불평불만이 가득했다. 그래도 이런 표정을 지은 적은 없다. 적어도 내 앞에서는. 영상 속 언니는 마치 다른 사람처럼 낯설었다. 악에 받친 표정. 부릅뜬 두 눈에서 살기가 느껴졌다.

"얘 누군지 알아요?"

젊은 형사가 언니의 손을 잡고 있는 어린애를 가리켰다.

통통하게 살이 오른 얼굴. 어딜 보는지 알 수 없는 초점 없는 눈동자.

열 살 전후로 보이는 남자애였다.

"처음 보는데……."

"이름은 문호동. 나이는 열 살. 보육원에 사는 보호아동이에요."

중년 형사가 말했다.

"이날 오전에 보육원 원장님이 실종 신고를 했거든요. 시설에 들른 사회복지사가 말도 없이 호동이를 데려갔다는 거예요."

그러니까 지금, 언니가 유괴범이라는 건가?

나는 눈을 껌벅이며 형사들을 번갈아 보았다. 형사들은 그런 나를 빤히 쳐다보았다. 해명을 기다리는 것처럼.

"아까도 말했지만…… 언니는 어린이 재단에……."

"몇 번을 말해요? 그런 회사 없다니까."

젊은 형사가 말을 끊었다.

"둘이 같이 살았잖아요. 언니가 애를 유괴할 거라는 사실, 알고 있었어요?"

중년 형사가 조심스럽게 물었다.

"우리 언니…… 그런 사람 아니에요."

내가 아는 언니는 아이라면 질색을 하는 사람이다.

텔레비전을 보다가도 육아 예능이 나오면 채널을 돌려 버리고는 했다. 징징거리는 소리 듣기 싫다면서. 어떻게 어린이 재단에 다니는지 신기할 지경이다.

돈이 목적이었다 해도, 말이 안 되기는 마찬가지다. 부잣집 아들, 딸도 아니고 보육원에 머무는 오갈 데 없는 아이를 유괴한다니? 미치지 않고서야.

당신들이 오해한 거라고 조리 있게 설명하고 싶었는데, 어디서부터 어떻게 설명해야 할지 감이 잡히지 않았다. 랙 걸린 컴퓨터처럼 머릿속이 엉망진창이다. 내가 우물거리는 사이에 중년 형사가 먼저 말을 꺼냈다.

"이번에는 사실 확인차 들른 거예요. 조만간 정식 조사가 있을 거예요. 소환 통보가 갈 수도 있으니까 전화 잘 받아 주시고요."

"소, 소환이요?"

형사들은 말없이 등을 돌려 계단을 내려갔다.

문을 닫자마자 식탁으로 뛰어갔다. 잡동사니를 넣어 둔 바구니를 뒤져 언니의 명함을 찾았다. 충선 어린이 재단 전화번호가 박혀 있었다. 휴대폰을 들고 전화를 걸었다.

─이 번호는 없는 번호이오니…….

없는 회사라던 형사의 말이 귓가에 스쳤다.

아냐. 그럴 리 없어. 번호가 바뀐 거겠지.

부리나케 인터넷 브라우저를 열어서 충선 어린이 재단을 검색했다. 아무리 뒤져 봐도 그런 회사는 나오지 않았다.

식탁 앞에 우두커니 앉아서, 텅 빈 검색 결과를 바라보았다.

검색창에 뜨지 않는다고 존재하지 않는 건 아냐. 아닐 거야…… 아니겠지……?

아무리 생각해도 언니는 죄 없는 어린애를 유괴할 만큼 못돼 처먹은 사람은 아니다. 존재하지도 않는 회사에 다닌다고 거짓말할 이유도 없다. 경찰이 뭔가 착각한 거다.

그렇게 뇌까리며 찜찜한 마음을 달랬다.

떨어진 약을 타러 내가 입원해 있었던 병원을 찾았다.

대전까지 다녀오면서 자연스럽게 훈련이 된 건지, 사람들로 북적이는 거리도, 만원 지하철도 제법 견딜 만했다. 다시 찾은 병원은 별로 달라진 것이 없었다. 성채처럼 우뚝 선 건물. 로비에 늘어선 식당과 프랜차이즈 카페, 편의점, 북적이는 사람들. 언니는 병원이 아니라 무슨 쇼핑몰 같다고 빈정거리곤 했다.

번호표를 뽑고 한참 기다린 끝에 접수원을 마주했다. 약을 타러 왔다고, 그동안 언니가 대리 처방을 받아 온 사실을 알렸다. 키보드를 두드리던 접수원이 고개를 갸웃거렸다.

"처방전 나간 기록이 없는데요?"

접수원이 실수했나 싶어, 나와 언니의 이름과 주민등록번호를 다시 불러 주었다. 직원은 이번에도 기록이 없다고 말했다.

결국 나를 담당했던 의사를 찾아갔다. 어떻게 지냈느냐며 반갑게 인사를 건네는 의사에게 처방전 얘기를 건넸다. 의사가 놀란 눈으로 물었다.

"무슨 약이요?"

나는 안 돌아가는 머리를 쥐어짜면서 조리 있게 설명하려 애썼다. 그러나 입에서 나오는 말은 취객의 헛소리 같았다. 손짓 발짓을 더해 가며, 언니가 타 온 약을 묘사

했다. 하나는 검붉은 색깔의 가루, 다른 하나는 하늘색 가루가 들어 있는 반투명한 캡슐 두 개.

의사는 내 말이 끝나기 무섭게 고개를 가로저었다.

"홍선영 씨한테 그런 약 처방해 드린 적 없습니다."

한 대 맞은 것처럼 멍해졌다.

"뇌경색 환자의 경우에 항혈전제를 처방하긴 하죠. 홍선영 씨는 경우가 달라요. 퇴원할 때 기준으로 말씀드리면 뇌에 혈전 생길 가능성은 지극히 낮습니다. 뇌 손상을 겪지 않은 일반인 수준이에요. 약 드실 필요 없어요."

"……새똥은요?"

"네?"

"언니가 그랬는데…… 선생님이…… 머리에 새똥만 맞아도 위험하다고……."

"새똥은 안 맞는 게 좋지만, 맞는다고 죽지는 않아요."

"그러면…… 언니가 나한테 먹인 건…… 뭔데요?"

내 얼빠진 질문에, 의사가 난감한 미소를 지어 보였다.

6. 악당

"하루도 빼먹지 말고 챙겨 먹어. 살고 싶으면."

약을 타 올 때마다, 언니가 하던 말이 귓가에 어른거렸다.

왜 거짓말한 거야? 하나뿐인 동생한테 도대체 왜?!

좀비처럼 거리를 배회하다 한밤중이 되어서야 동네로 돌아왔다.

길가에 프레시 매니저가 타고 다니던 전동카트가 홀로 우두커니 서 있었다. 조금 더 걸어가다 보니, 텅 빈 리어카가 서 있었다. 데미안은 내가 마주친 사람들이 위장한 국정원 요원들이라고 했다. 사이좋게 담배라도 피우러 갔나? 아니면 야식이라도?

배에서 꼬르륵 소리가 울렸다. 하루 종일 한 끼도 먹지 않았다. 밥은 먹었냐고 물어봐 줄 언니가 없어서 그런가 보다.

편의점에 들어서는데, 거울에 내 모습이 비쳤다. 퀭한 몰골에 축 처진 어깨. 온몸으로 어두운 기운을 뿜어내고 있었다.

누가 보면 실연이라도 당한 줄 알겠다. 생각해 보니 비슷한 처지인 것 같기도 하고…….

낮에 본 우락부락한 아저씨가 편의점을 지키고 있었다. 아저씨 앞을 지나 편의점 안쪽으로 들어갔다. 왕뚜껑과 맥스봉을 챙겨 들고 주류 코너로 갔다.

편의점에 들를 때면 언니는 늘 캔맥주를 마시고, 나는 코코팜이나 포카리스웨트를 마셨다. 언니는 혈전이 생긴다며 술을 못 마시게 했다. 맥주 한 모금도 안 되냐고 울상 짓는 나를 보고, 요절하고 싶어서 환장했냐며 눈을 부라렸다.

나쁜 년…….

배신감에 치를 떨며 캔맥주를 집었다. 계산대에 먹거리를 늘어놓자, 아저씨가 서툰 손놀림으로 바코드를 찍었다.

언니를 만나면 물어봐야겠다. 왜 거짓말했냐고, 그동안 나한테 뭘 먹인 거냐고.

생각에 잠긴 채 멍하니 계산대 모니터를 보는데, 갑자기 화면이 지직거렸다. 에러가 난 것처럼 화면이 깨지더니, 그 위로 흐릿한 형체가 오버랩 됐다. 고장이 난 건가 싶어 아저씨에게 말해 주려는데 형체가 서서히 또렷해졌다. 윤곽이 선명해지면서 누군가의 시선으로 바라본 계산대가 화면에 비쳤다. 아저씨가 멀뚱히 정면을 쳐다보고 있었다. 갑자기 관자놀이에서 피가 뿜어져 나오더니 아저씨의 몸이 옆으로 기울어졌다.

깜짝 놀라서 뒷걸음질 쳤다.

"아씨……. 왜 이렇게 안 돼?"

아저씨의 볼멘소리에 퍼뜩 정신이 들었다. 계산대 모니터는 언제 그랬냐는 듯 정상으로 돌아와 있었다. 아저씨는 바코드 기계를 들고 쩔쩔매고 있었다. 맥스봉이 잘 안 찍히는 모양이다.

이제는 헛것이 다 보이네.

멀쩡한 모니터를 들여다보며 헛웃음을 지었다. 남들은 평생 한 번도 경험해 보기 힘든 일을 연달아 겪다 보니 정신이 나갔나 보다.

"어휴. 이제 찍히네."

마침내 계산대 모니터에 맥스봉이 떴다.

주섬주섬 카드를 꺼내 포스기에 꽂았다. 아저씨는 계산이 끝나길 기다리며 나를 멀뚱히 쳐다보고 있었다. 어디선가 팝! 하는 짧은 파열음이 들렸다. 캔을 발로 콱 밟아서 찌그러뜨리는 것 같은 소리였다. 순간, 아저씨의 관자놀이에서 핏줄기가 뿜어져 나왔다. 아저씨는 여전히 멀뚱한 표정을 지은 채 옆으로 기울어지더니 바닥에 털썩 쓰러졌다.

방금 내가 본 헛것과 똑같았다.

너무 놀라서 비명을 지르는 것조차 잊어버렸다. 입을 떡 벌린 채 방금 무슨 일이 벌어진 건지 이해하려 애쓰고 있는데, 누군가 편의점 출입구로 들어섰다. 긴 머리를 뒤로 돌려 묶고, 검은 선글라스와 마스크로 얼굴을 가린 여자였다. 소음기를 끼운 권총을 들고 있었다.

여자가 나를 향해 총을 겨눴다. 나는 냉동 창고에 걸려 있는 고깃덩어리처럼 꽁꽁 얼어붙었다. 여자가 한 걸음, 다가올 때마다 수명이 10년씩 줄어드는 것 같았다.

"나가자. 움직여."

"사, 사, 살려……."

"살고 싶으면 닥치고 걸어."

인간적인 감정은 눈곱만큼도 묻어 있지 않은, 서늘한 목소리였다.

여자를 따라 편의점을 나섰다. 도와줄 사람을 찾았지만, 밤거리에는 개미 새끼 한 마리 없었다. 여자가 길가에 세워진 파란색 승용차로 나를 데리고 갔다. 나는 공포 영화에 나오는 귀신이 무서워 눈을 가렸으면서도, 실눈을 뜨고 손가락 틈새로 내다보는 어린아이처럼 총구를 흘끔거렸다.

"타."

여자가 말했다.

시키는 대로 하면 나를 살려 줄까? 그럴 리가.

시키는 대로 안 하면? 총구가 불을 뿜을지도 모른다.

어느 쪽을 선택하든, 미래는 없었다.

"타라고."

여자가 총구로 내 옆구리를 쿡 찔렀다.

"으악!"

"아직 안 쐈는데."

기겁하는 나를 보며, 여자가 혀를 찼다.

그때 퍽! 하는 둔탁한 소리와 함께 차체에 동그란 구멍이 뚫렸다. 매캐한 화약 냄새가 풍겼다. 총알구멍이었다.

여자가 기민하게 자세를 낮췄다. 나도 바닥에 납작 엎드렸다. 퍽! 퍽! 퍽! 총알이 연신 차체를 두드렸다. 여자가 총알이 날아온 방향으로 몸을 돌리더니 방아쇠를 당겼다. 여기가 할렘도 아니고, 서울 한복판에서 웬 미친 것들이 총격전을 벌이고 앉았다.

후들거리는 다리를 억지로 움직여 몸을 일으켰다. 머릿속에는 지금 도망치지 않으면 죽는다는 생각뿐이었다. 이를 악물고 집을 향해 도망쳤다. 정신없이 달리다 보니 다 쓰러져 가는 낡은 빌라가 나타났다. 3층, 불 꺼진 우리 집 창문이 보였다.

중앙 현관으로 뛰어 들어가려다, 뭔가에 발이 걸려 자빠졌다. 빨간색 킥보드였다. 현관 안쪽, 위층으로 올라가는 계단에 웬 청년이 널브러져 있었다. 전에 킥보드를 타고 불쑥 튀어나온 젊은 남자였다. 생기를 잃어버린 두 눈. 가슴팍에서 흘러나온 피가 바닥에 흥건하게 고여 있었다.

빵빵!

느닷없이 울려 퍼진 클랙슨 소리에 소스라치게 놀랐다. 회색 지프차 한 대가 내 얼굴에 헤드라이트를 비추었다.

"타요!"

데미안이 운전석 유리창 밖으로 고개를 내밀었다.

멀리, 총을 든 여자가 우리를 향해 달려오고 있었다. 나는 생각할 겨를도 없이 지프차 조수석에 올라탔다.

지프차가 쏜살같이 튀어 나갔다. 어두운 주택가를 지나, 넓은 4차선 도로로 접어들었다. 나는 조마조마한 심정으로 사이드미러를 살폈지만, 여자는 보이지 않았다.

"조금만 늦었으면 큰일 날 뻔했습니다."

"여기는…… 어떻게……."

숨을 고르며 물었다.

"낌새가 이상해서 와 봤습니다. 국정원 쪽에 일이 터진 것 같더군요."

동네에 심어 놓은 요원들과 연락이 끊어지면서, 국정
원 내부가 소란스러워졌다고 한다. 데미안은 사달이 났
다는 걸 직감하고 동네로 왔고 나와 여자를 발견했다. 카
트를 탄 프레시 매니저, 리어카를 끌던 노인, 내가 본 킥
보드 탄 청년. 전부 올빼미에게 살해된 것 같다. 편의점
에서 죽은 아저씨도 위장한 요원이었다고 한다.

멀뚱한 표정으로 나를 쳐다보던 얼굴.

관자놀이에서 뿜어져 나오던 피.

아저씨를 떠올리자 속이 메슥거렸다.

"차, 차 좀⋯⋯."

데미안이 내 안색을 살피더니 갓길에 차를 세워 주었
다. 나는 문을 열고 뛰쳐나와 신물을 쏟아 냈다.

"아까 그 여자가 올빼미입니다. 케테르 재단이 고용한
용병이죠."

내 등을 두드리며 데미안이 말했다.

올빼미의 진짜 이름이 뭔지는 아무도 모른다.

북한 정찰총국 출신으로 몇 년 전, 조국을 배신하고 돈
만 주면 뭐든지 하는 용병이 되었다.

"그런 사람이 왜 나를⋯⋯."

"말했잖습니까. 전부 홍은희 씨를 찾고 있다고. 유일한
혈육인 선영 씨한테서 정보를 캐내려 한 거겠죠."

속을 비우고 나니 마음이 조금 차분해졌다. 우리는 다

시 차로 돌아갔다.

"그러니까…… 케테르 재단인지 뭔지가 그 여자를 고용해서…… 근데 거긴 대체 뭐 하는 곳인데요?"

"〈미션 임파서블〉 봤습니까? 거기 나오는 악당들하고 비슷합니다."

데미안의 말에 따르면, 그들은 주가조작, 코인 사기, 무기 밀매, 마약, 인신매매, 보이스 피싱, 로맨스 스캠. 돈 되는 일은 뭐든 하는 국제 범죄 조직이다. 그런 녀석들이 언니를 추적하는 것도 모자라서, 나까지 납치하려고 하다니. 영화 속에 들어온 기분이다.

"새로 들어온 정보가 있습니다."

데미안이 휴대폰을 보여 주었다. 화면 가득 어딘가를 찍은 위성사진이 떠 있었다. 개천을 지나는 다리와 그 옆에 평행선을 그리며 이어진 철교가 보였다. 철교 한가운데에 하얀색 동그라미가 그려져 있었다.

"어젯밤 8시 27분, 미국의 군사 위성이 촬영한 사진입니다. 여기가 070 열차와 연락이 끊긴 지점이고."

남자가 동그라미를 가리켰다. 자세히 보니 원을 그리며 현장을 둘러싸고 있는 가림막이었다. 가림막 안은 텅비어 있었다. 선로가 이어져 있을 뿐, 열차는 보이지 않았다.

"생존자도, 부상자도, 사망자도 없었잖습니까. 이게 이

웁니다."

"말도 안 돼요……."

딥페이크에, AI로 만든 감쪽같은 사진까지 돌아다니는 세상이다. 이런 사진 한 장 만드는 건 일도 아니다.

"믿기 힘들겠지만, 사실입니다."

데미안이 무거운 목소리로 말했다. 그의 진중한 표정과 말투는 이 사진이 진짜라고 말하고 있었다.

"만약에 이게 진짜라면…… 열차를 어디로 옮긴 거 아닐까요?"

"그랬다면 외부에 알려졌을 겁니다. 보는 눈이 많으니까요."

데미안이 화면을 터치해 텅 빈 선로를 확대했다.

"확실한 건, 열차가 어디론가 사라졌다는 겁니다. 우리 상식으로는 이해할 수 없는 일이 벌어진 거죠."

그의 말을 순순히 받아들일 수는 없었다. 그 열차에는 언니가 타고 있었으니까. 언니가 상식 밖의 이유로 어디론가 사라졌다면, 어떻게 찾는단 말인가? 이 사진은 조작된 거고, 언니는 어딘가에서 구조를 기다리고 있을 거라고 항변하고 싶었다.

그러나 쉽사리 입을 열 수 없었다. 데미안은 국정원의 동태를 손바닥 들여다보듯 하고, 서울 한복판에서 총격전을 벌였다. 그가 〈미션 임파서블〉에 나오는 톰 크루즈 같은 존재라면, 조악한 합성사진을 들이밀며 나를 속이려 하지는 않을 것이다.

받아들이는 수밖에 없었다. 070 열차는 철교를 지나던 중, 신기루처럼 사라져 버린 거라고.

"가림막을 치는 대신 솔직하게 털어놓는 게 도리일 겁니다. 이 정부는 다른 선택을 했습니다. 사람들의 눈을 가리고 귀를 막기로 한 겁니다."

"왜요……. 도대체 왜……."

"사람들이 받아들이지 못할 테니까요. 대혼란이 벌어지겠죠. 정권에 불리한 방향으로 불똥이 튀면 탄핵으로 이어질 수도 있습니다."

친인척 비리, 문고리를 쥔 측근들의 부정, 부패, 무속인이 연루된 비선 실세 논란까지. 대통령과 여당의 지지율은 이미 탄핵 직전이다. 아무리 그렇다 해도, 열차와 함께 사라진 사람들을 생각한다면, 사실대로 밝혀야 마땅하다.

"저울질하고 있는 겁니다. 이 사건을 어떻게 이용해야 자리보전하는 데 득이 될지. 방향이 잡히고 난 뒤에 공식 입장이 나오겠죠."

그러고도 남을 위인들이긴 하다.

"어떻게 하시겠습니까? 내 제안은 아직 유효합니다."

데미안이 휴대폰을 닫으며 물었다.

"당신은…… 왜 언니를 찾으려는 건데요? 언니가 이런 말도 안 되는 사건하고…… 관련이 있다고 생각하는 건가요?"

"내 목표는 홍은희 씨가 아닙니다. 케테르 재단입니다."

케테르 재단은 수많은 점조직으로 이루어져 있다. 윗선의 지시를 받고 움직이지만, 정작 윗선이 누군지는 모른다. 익명으로 지시를 받고 수행하며 가상화폐로 제 몫을 받을 뿐이다. 한마디로 케테르 재단은 분명히 존재하지만, 실체가 베일에 가려져 있다. 데미안의 임무는 케테르 재단의 실체를 밝히고, 조직의 수괴가 누군지 알아내는 것이다.

"녀석들이 왜 홍은희 씨를 타깃으로 삼은 건지, 그 이유를 알아내고 싶은 겁니다. 둘 사이의 관계를 밝혀내면, 케테르 재단의 실체를 알게 될지도 모르죠."

"대사관에서 할 일은…… 아니잖아요……?"

"저도 올빼미하고 비슷합니다. 좋게 말하면 프리랜서고, 그냥 하청업자입니다. 대사관 명함은 한국에서 활동하기 위해 받아 둔 겁니다."

"그러니까 〈미션 임파서블〉에 나오는, 톰 크루즈 같은 거네요?"

"영화는 영화일 뿐입니다. 제가 톰 크루즈처럼 뛰어다녔다면 진즉에 골병들어 죽었을 겁니다."

데미안이 무심한 얼굴로 말했다.

진심인지 농담인지 모르겠다.

"지금쯤이면 시체는 다 치웠을 겁니다."

한참 도로 위를 쏘다니던 우리는 방향을 틀어 동네로
돌아왔다.

편의점의 불은 꺼져 있었다. 블라인드가 내려져 있어
내부를 들여다볼 수 없었다. 형광색 조끼를 입은 청소부
들이 편의점 앞에 서서 담배를 피우고 있었다. 데미안이
흘끔 그들을 살폈다.

"요원들이 쫙 깔렸네요. 오늘은 안심하고 자도 될 겁
니다."

"그런다고 안심이 되겠어요……?"

"올빼미는 당분간 잠수 탈 겁니다. 눈에 불을 켜고 자
기를 찾고 있다는 걸 알 테니까요."

데미안은 편의점 앞을 지나 내가 사는 집을 향해 차를
몰았다.

"그래서, 어떻게 하시겠습니까?"

"알았어요……. 어떻게 하면 되는데요?"

나는 백기를 들었다. 올빼미가 설치고 다니는 판에, 나
혼자 언니를 찾는 건 불가능에 가깝다. 그 전에 올빼미에
게 납치될 가능성이 100퍼센트다. 나에게는 도움이 필요

하다.

"열차를 찾는 건 우리가 아니라, 과학자들의 몫이 된 것 같습니다. 일단 홍은희 씨에 대해 알아봅시다."

"언니요……?"

"그날 열차에 탄 승객 중에, 범죄자는 홍은희 씨뿐이었습니다. 경찰이나 국정원이 주목하는 이유도 그거겠죠."

언니는 내 뒤통수를 쳤다. 그렇다 해도, 나쁜 의도로 아이를 납치했다고 생각할 순 없었다. 그렇게까지 해야 할 이유가 없다. 돈이 목적이었다면 부잣집 애를 유괴했을 것이다. 뭐 하러 보육원에 머무는 아이를 납치한단 말인가?

"홍은희 씨는 왜 문호동을 유괴했을까요? 거기서부터 시작해 봅시다."

데미안이 말했다.

7。특별한 아이

다음 날.

데미안이 회색 지프차를 몰고 나를 데리러 왔다. 우리는 호동이가 머물던 곳이자, 납치된 장소인 별빛 나래 보육원으로 향했다.

"이 차…… 방탄이죠?"

꿈에 총부리를 들이대는 올빼미가 아른거리는 바람에 잠을 설치고 말았다. 언제 총알이 날아올지 몰라 신경이 날카롭게 곤두서 있었다.

"아니요. 평범한 렌터카입니다."

데미안의 무심한 대꾸에, 나도 모르게 헉 소리를 냈다.

"안심하십시오. 백주 대낮인 데다 보는 눈도 많고, 어제 일로 국정원에서도 올빼미를 쫓고 있을 겁니다. 당분간 함부로 움직이지는 못할 겁니다."

데미안은 나를 안심시키려 했지만, 별반 도움이 되지 않았다. 나는 불안에 떨며 데미안이 건네준 서류를 훑었다. 정보원을 통해 입수했다는 호동이 사건의 경찰 수사 보고서였다.

언니는 4월 13일 오전 10시 30분, 별빛 나래 보육원에 들렀다. 호동이와 면담을 시작했고, 보육원 원장이 자리를 비운 틈을 타 아이를 데리고 나갔다. 뒤늦게 아이가 사라졌다는 사실을 안 보육원 원장은 경찰에 신고 전화를 걸었다.

언니는 그날도 오전 9시 30분쯤에 출근길에 올랐다. 집을 떠나 곧바로 보육원으로 온 것이다.

"우발적으로 저지른 짓은 아닐 겁니다. 그날 아이를 데려가기로 계획했을 겁니다."

경찰이 조사한 내용만 보면, 데미안과 같은 결론에 도달하게 된다.

문제는 이유다. 호동이를 데리고 간 이유. 호동이어야 하는 이유.

라디오에선 국토교통부 장관의 긴급 기자회견을 생중계하고 있었다. 장관은 탑승자 수색에 최선을 다하고 있으니, 정부를 믿고 기다려 달라는 의미 없는 소리만 늘어놓았다.

―사고 원인은 파악됐습니까?

―탑승객들의 상황은 발표할 수 있는 거 아닙니까?

―가족들은 정부가 진상을 은폐하려 한다며 단체행동에 돌입하겠다고 선언했는데요. 하실 말씀 없습니까?

기자들이 질문을 쏟아 냈다. 하나 마나 한 답변만 되풀이하던 장관이 갑자기 묘한 얘기를 꺼냈다.

―구체적으로 말씀드리기는 힘들지만, 저희는 모든 가능성을 열어 놓고 조사를 진행하고 있습니다.

―모든 가능성이라는 건 무슨 뜻입니까? 일반적인 철도 사고가 아닐 수도 있다는 건가요?

―그렇습니다.

―사고가 아니면 뭡니까? 혹시 범죄나 테러의 가능성도 있습니까?

―열차와 연락이 끊어진 철교에서 기준치 이상의 방사능이 검출되었습니다. 자연적으로 발생할 수 있는 수치가 아닌 것으로 파악됐고, 조사의 방향을 원점에서 검토 중입니다. 이 정도로 말씀드리겠습니다.

장관은 더 이상의 질문을 받지 않고 자리를 떴다.

"대단한 얘기는 없네요."

데미안이 대수롭지 않다는 듯 라디오를 껐다.

"이 정도면…… 대단한 거 아닌가요?"

장관은 대놓고 말하지 않았지만, 핵 테러 가능성을 암시하고 있었다. 그리고 한국에서 민간 열차에 핵 테러를 감행할 만한 세력은 북한뿐이다.

"늘 하던 짓 아닙니까? 북풍을 타겠다는 거겠죠. 누구도 믿지 못할 진실을 털어놓느니, 모두에게 익숙한 거짓말을 흘리려는 겁니다. 하지만 한 곳이 모자랄 겁니다."

"한 곳……이라뇨?"

"북한을 끌어들이면 여론은 분열될 겁니다. 북한에 분노의 화살을 돌리는 사람들이 늘어날 수도 있죠. 그게 정부가 바라는 결과일 테고. 하지만 뭘 할 수 있습니까? 주석궁에 쳐들어갈 수 있나요?"

못 가지. 그러면 전쟁하자는 건데.

"성난 대중의 마음을 달래 줘야 악재가 호재로 바뀌면서, 대통령의 지지율이 오릅니다. 그러려면 희생양이 필요합니다. 테러를 지시한 자는 못 잡아도, 실행한 간첩은 잡을 수 있겠죠."

데미안이 말을 하다 말고 나를 쳐다보았다. 왠지 모를 찜찜한 기분에 인상이 구겨졌다.

"왜요?"

"070 열차에 탄 사람 중에, 범죄자는 딱 한 명뿐이었습니다."

"설마…… 언니한테 뒤집어씌운다고요?"

"홍은희 씨는 열차와 함께 사라졌잖습니까. 하지만 동생이 남아 있죠."

자매 간첩단이라는 타이틀이 머릿속을 스쳐 지나갔다. 나는 시트에 몸을 파묻으며 탄식을 내뱉었다.

언덕길을 한참 올라간 끝에, 담장이 둘러진 2층짜리 건물에 도착했다. 입구에 별빛 나래 보육원이라고 쓰여 있는 빛바랜 간판이 걸려 있었다.

현관으로 들어서자, 복도에 걸린 그림들이 눈에 들어왔다. 서툰 그림체로 그린 꽃과 나무들, 뛰어노는 아이들. 각각의 그림에는 삐뚤빼뚤한 글씨로 작가의 이름이 쓰여 있었다. 이곳에 머무는 아이들의 작품이었다. 문호동이라는 이름을 찾아봤지만, 어디에도 없었다.

복도를 지나 소파와 티 테이블이 놓인 응접실로 들어섰다. 넋이 나간 듯, 멍한 얼굴로 커피를 마시던 나이 든 여자가 우리를 향해 눈길을 돌렸다.

"경찰에서 나왔습니다. 여기 직원이십니까?"

데미안이 경찰 신분증을 꺼내 보였다. 데미안 장이라는 이름 대신, 장덕진이라는 이름이 쓰여 있었다.

한국 이름인가? 아니면 뭐 어때. 어차피 가짜 신분증인데.

흘끔거리는 내 시선을 눈치챘는지, 데미안이 빤히 쳐다보았다. 나는 형사다운 진지한 표정을 지으며 나이 든 여자를 바라보았다.

"나는 여기 원장이에요. 전에도 왔다 가셨는데."

여자가 침통한 표정으로 말했다.

"그때는 관할서에서 방문했을 겁니다. 저희는 본청에서 나왔습니다."

데미안이 표정도 바꾸지 않고 거짓말을 늘어놓았다.

"070 열차 건으로 조사 중입니다. 호동이도 승객인지라."

"할 얘기는 다 했는데."

"귀찮으시겠지만, 부탁드리겠습니다."

데미안이 공손하게 머리를 조아렸다. 원장은 한숨을 쉬며 앉으라고 손짓했다.

"호동이를 데려갔다는 여자, 자기가 사회복지사라고 했다죠?"

소파에 앉으며 데미안이 물었다. 원장이 고개를 끄덕였다.

"명함까지 있더라니까요. 뭐더라……."

"충선…… 어린이 재단이요?"

나는 말을 더듬지 않으려고 애썼지만, 그럴수록 혀가 꼬였다. 가짜 티를 내고 싶지 않았는데. 다행히 원장은 신경 쓰지 않는 듯했다.

"맞아요. 충선. 그 여자가 여기 다녀간 게 세 번인데 마지막 왔을 때 호동이를 데려간 거예요."

"들른 이유는요……?"

"입양 보낼 아이들을 찾고 있다나."

"그런 기관에서 자주 찾아옵니까?"

데미안이 물었다.

"아뇨. 여기 애들은…… 그쪽으로는 인기가 없거든요."

별빛 나래 보육원은 특별한 아이들이 머무는 시설이라고 한다. 자폐 스펙트럼을 가졌거나, 마음에 병이 있는 아이. 몸이 불편한 아이.

호동이의 아버지는 상습적으로 교도소를 드나드는 전과자였다. 어머니는 중증 알코올 중독자로, 둘 다 호동이를 돌볼 여력이 없었다. 호동이는 네 살 때부터 보호시설을 전전했고, 3년 전 이곳에 정착했다.

"그 여자, 처음부터 호동이한테 관심을 가졌습니까?"

"네. 호동이에 대해서 어느 정도 알고 있더라고요. 이해가 안 갔어요. 아예 말이 안 통하는데 어떻게 입양을 보낸다는 건지. 어쨌든 나는 아이를 생각해서 잘 응대하려고 했죠."

"말이 안 통해요……?"

고개를 갸웃하는 나를 보며, 원장이 말했다.

"자폐 정도가 심하거든요. 말을 걸어도 대꾸가 없어요. 하루 종일 숫자만 외우고."

"구구단…… 같은 거요?"

"무작위예요. 무슨 로또 번호라도 외는 것처럼 하루 종일 숫자를 중얼거리는데……."

말하는 중에 뭔가 생각났는지, 원장이 자리에서 일어섰다.

"그러고 보니 그 여자, 호동이 일을 알고 있었어요."

원장이 서류철 하나를 가지고 왔다. 호동이에 대한 서류로 빼곡히 채워져 있었다. 신상 기록서는 물론이고 시설에서 작성한 관찰 일지, 프린트한 신문 기사도 있었다.

「난곡지구에서 사라진 아동, 한강 건너편 용산구에서 발견」

작년 겨울, 마당에서 혼자 그네를 타던 호동이가 감쪽같이 사라졌다. 호동이는 한 시간 뒤 용산구 이태원동에서 발견되었다.

호동이를 찾은 건 다행인데, 어떻게 이태원까지 갔는지 의문이었다. 의사소통도 되지 않는 아이가 땡전 한 푼 없이 먼 거리를 이동한 것이다. 그것도 한 시간 만에.

경찰은 누군가 호동이를 납치했을 가능성을 염두에 두고 수사를 이어 갔다. 감시 카메라 영상을 이 잡듯이 뒤졌지만, 호동이는 보이지 않았다. 버스나 지하철, 택시를 탄 흔적도 찾지 못했다.

건강한 성인이 난곡지구에서 이태원까지 걸어간다고 가정하면 최소 세 시간은 걸린다. 호동이는 어떻게 한 시간 만에 거기까지 간 걸까?

"그러니까 신문에 난 거 아니겠어요. 신기한 일이 벌어진 거니까."

원장이 쓴웃음을 지었다.

"홍은희 씨가 이 일을 알고 있었습니까?"

데미안이 물었다.

"아는 정도가 아니라 그 일을 꼬치꼬치 캐묻더라고. 경찰 뺨치더라니까요."

"이 사건 때문에…… 호동이한테 관심을 가지게 됐다던가요?"

내가 물었다.

"그건 모르겠지만, 그 여자가 이런 말을 했어요. 호동이는 아주 특별한 애라고."

"특별한…… 애요?"

"네. 세상이 감당할 수 없을 만큼 특별하다고."

8。 미행

우리는 보육원에서 나와 차로 돌아왔다.

데미안은 시동을 걸어 놓은 채로, 잠시 생각에 잠겨 있었다.

"홍선영 씨는 초능력을 믿습니까?"

"초, 초능력이요?"

언니와 함께 초능력자들이 떼거리로 나오는 드라마를 본 적은 있다. 재미가 없어서 몇 편 보다가 때려치우기는 했지만.

"MK 울트라 프로젝트라고, 들어 본 적 있습니까?"

유튜브에서 본 것 같은데. 기억을 더듬고 있는데 데미안이 자문자답했다.

"1960년대에 CIA에서 추진한 프로젝트입니다. 냉전 시기에 초능력자들로 구성된 첩보 부대를 만들려고 했죠. 텔레파시나 투시력을 이용해서 극비 정보를 캐낸다거나, 염력으로 암살을 한다거나."

"초능력자가…… 진짜 있다고요?"

"옛날에 CIA가 만든 보고서를 본 적이 있습니다. 그런 사람들은 뇌에 독특한 기관이 존재한다고 합니다. 거기서 초능력이 비롯된다고요."

처음에는 무슨 헛소리를 하나 싶었는데, 듣다 보니 놀랄 일도 아닌 것 같았다. 달리던 열차가 흔적도 없이 사라지는 판국인데.

"나도 만나 본 적 있습니다."

말을 잇는 데미안의 얼굴이 눈에 띄게 굳어졌다.

"눈 깜빡할 사이에 한 장소에서 다른 장소로, 순식간에 이동하더군요. 호동이처럼."

데미안이 어떻게 생각하느냐는 듯 나를 바라보았다.

"호동이가 여기서 이태원까지…… 순간 이동을 했다는 거예요?"

"홍은희 씨도 그렇게 생각한 거 아닐까요? 호동이의 초능력에 관심을 가지고 접근한 건지도 모릅니다."

"아무리 그래도…… 납치까지 했다는 건 좀……."

"호동이의 능력을 이용해서 뭔가 하려고 했을지도 모르죠."

데미안의 가설이 맞는다면, 언니는 뭘 하려고 한 걸까?

호동이를 은밀한 금고로 침투시켜 금괴나 보석 따위를 훔치려고?

그러면 우리가 진 빚 따위는 순식간에 갚을 수 있을 거다. 반포 자이처럼 으리으리한 아파트에서 호사를 누리며 살 수도 있을 테고.

언니는 자기 욕심을 채우려 어린애를 범죄에 이용하려한 냉혈한인 걸까?

"어디까지나 추측일 뿐입니다. 호동이가 진짜 초능력자인지, 만나 보지 않는 이상 알 수 없을 테니까요."

데미안이 어깨를 으쓱하며 말했다.

언니는 호동이를 데리고 보육원을 나선 후, 곧바로 지하철역으로 갔다. 2호선을 타고 가다가 3호선으로 갈아탔고, 강북으로 올라갔다. 북쪽으로 올라가던 언니는 6호선으로 갈아타고 서쪽으로 방향을 틀었다. 서울의 서쪽 끝까지 간 뒤, 다시 지하철을 갈아타고 동쪽으로 방향을 틀었다.

언니는 술 취한 사람처럼 갈지자로 움직이며 서울 전역을 돌아다녔다. 몇 번이나 지하철을 갈아타며 반나절을 보낸 뒤에야 서울역에 도착했다. 도무지 이해할 수 없는 행보였다.

두 사람의 행보를 되짚어 나가던 우리는 갓길에 차를

세우고 경찰이 확보한 감시 카메라 영상을 살폈다. 호동이를 데리고 지하철을 탈 때만 해도, 언니는 평소와 다르지 않아 보였다. 조카를 데리고 산책 나온 것처럼 걸음걸이도 여유로웠다. 6호선으로 갈아탈 때, 카메라에 포착된 언니는 전과 달랐다. 표정은 긴박했고, 쫓기는 듯 잰걸음으로 걸었다. 호동이도 덩달아 속도를 내야 했다.

"쫓기는 것 같지 않습니까?"

데미안이 궁지에 몰린 언니의 얼굴을 가리켰다.

누군가 뒤를 밟고 있다는 걸 눈치챘다면, 언니는 상대를 따돌리려고 했을 거다. 그렇다면 여러 번의 환승과 갈지자 행보도 말이 된다.

우리는 언니의 마지막 행선지였던 서울역에 도착했다. 언니는 왜 서울역으로 온 걸까? 미행을 피해서 아예 다른 도시로 떠나려 했던 걸까?

경부선 열차 운행이 중단된 탓에 서울역은 한산했다. 우리는 언니와 호동이가 걸어간 길을 되짚어 갔다.

"신발 끈이 또 풀렸네요."

데미안이 걸음을 멈추더니, 내 앞에 무릎을 꿇었다. 집에서 나올 때 몇 번이고 묶었던 매듭이 언제 그랬냐는 듯 풀어져 있었다. 데미안이 꼼꼼하게 신발 끈을 묶어 주었다.

"왜 자꾸 풀리는 건지……."

"언젠가 잘 묶는 날이 오겠죠."

데미안의 뒤통수가 내려다보였다.

잘생겼고, 훤칠한데 머리숱도 많네.

흐뭇하게 보고 있는데, 데미안이 불쑥 고개를 들어 나를 올려다보았다. 괜히 부끄러워져서 시선을 돌렸다.

곳곳에 설치된 감시 카메라가 눈에 들어왔다. 경찰은 감시 카메라를 샅샅이 뒤졌을 것이다. 언니와 호동이를 쫓는 추격자를 발견했을까? 유괴범인 언니에게 신경을 집중하느라 추격자의 존재를 놓쳤을 수도 있다.

눈길을 돌리는데, 역사 안에 자리 잡은 편의점이 눈에 들어왔다. 우리 동네 편의점에서 벌어진 일이 떠오르면서 어깨가 딱딱하게 굳었다. 나는 호흡을 고르며 긴장을 누그러뜨렸다.

"경찰이…… 편의점 카메라도 들여다봤을까요?"

내 말에, 데미안이 고개를 갸웃했다.

"카메라가 로비를 비춘다면 봤을 겁니다. 각도가 나오지 않겠다 싶으면 지나쳤을 수도 있겠죠."

우리는 편의점 감시 카메라를 확인해 보기로 했다. 경찰이 놓친 녹화 영상이 있을지도 모른다.

직원은 몰려드는 손님을 상대하느라 정신이 없었다. 데미안이 가짜 경찰 신분증을 들이밀자, 그제야 용건을 물었다.

"최근에 경찰에서 찾아온 적 있나요?"

"안 왔었는데요."

데미안이 자초지종을 설명하고 협조를 구하자, 직원이 녹화 영상을 볼 수 있게 해 주었다. 우리는 언니와 호동이가 서울역에 들어선 시점으로 영상을 되돌렸다. 편의점 내부만이 아니라, 바깥쪽 로비도 찍혀 있었다.

언니가 호동이를 데리고 탑승 게이트를 향해 걸음을 재촉했다. 앞서거니 뒤서거니 걸어가는 행인들을 살피는데 양복을 입은 남자에게 자꾸만 눈길이 갔다. 그의 시선 때문이었다. 다른 행인들은 각기 다른 곳을 보면서 걷고 있는데, 남자는 언니의 뒤통수에 눈을 고정하고 있었다.

"이 사람…… 좀 수상하지 않아요?"

나는 손가락으로 남자를 짚었다. 데미안도 의심스러웠는지 가만히 고개를 끄덕였다.

"누군지 알아봐야겠군요."

데미안이 직원에게 영상을 복사해 달라고 요청하는 사이, 나는 화면에 비친 남자의 얼굴을 유심히 들여다보았다. 길에서 스쳐 지나가는 여느 직장인들처럼 평범해 보였다. 올빼미처럼 케테르 재단에 고용된 용병인 건가? 아니면 언니에게 원한이 있는 누군가?

그때 휴대폰에 전화가 걸려 왔다. 지난번에 찾아온 형사들이었다. 통화 버튼을 누르자 중년 형사의 부드러운 목소리가 흘러나왔다. 참고인 조사가 필요하니 서로 나와 달라고 했다.

"참고인이요……?"

—긴장 안 하셔도 돼요. 편하게 오셔서 질문에 대답해 주시면 돼요. 참고인이니까요. 아직까지는.

9。6번 칸

해녀들 사이에서 이상한 소문이 돌기 시작한 건, 그날 정오 무렵이었다.

이른 아침부터 시작해서 오전 내내 물질을 한 해녀들은 해녀 회관에 모여 옷을 갈아입고 함께 점심을 먹었다. 일행 중 가장 오랜 물질 경력을 자랑하는 일흔 넘은 해녀가 물속에서 이상한 것을 보았다고 했다.

그것은 바다 밑, 모래에 반쯤 파묻혀 있었다. 불쑥 솟아오른 표면에는 따개비나 불가사리, 해초 따위가 잔뜩 달라붙어 있었다. 처음엔 바위인 줄 알았다. 누군가 고의로 깎아 놓은 것처럼 각이 져 있긴 했지만.

그녀는 서귀포에 관광객들을 태운 버스가 몰려들기 전부터 늘 같은 장소에서 물질을 해 왔다. 그런 바위는 한 번도 본 적이 없었다. 어느 날 갑자기 나타난 것이다.

해녀들은 식사를 마치고 오후 물질에 나섰다. 겸사겸사

수상한 바위를 살펴보기로 했다. 표면에 붙어 있는 해초를 걷어내 보니, 그것은 바위가 아니라 녹슨 쇳덩어리였다. 수백 년은 지난 것처럼 산화되어 있었다. 해녀들은 표면에 새겨진 숫자와 영문자를 발견했다. 깨진 창문도 보였다. 소리 소문 없이 바닷속으로 가라앉은 난파선인 걸까?

해녀들은 구청을 찾아가 본 것을 털어놓았다. 표면에 박혀 있던 일련번호도 이야기했다. 구청은 서귀포 시청에 이 사실을 알렸다. 상황이 급박하게 돌아가기 시작했다. 시청은 대규모 조사단을 꾸려 부랴부랴 서귀포 앞바다로 보냈다.

해녀들은 나중에야 알게 되었다. 그들이 발견한 숫자와 영문자는 열차를 식별하기 위해 붙여 놓은 편성 번호였다는 것을.

10。 생존 반응

"근처에서 기다리고 있겠습니다."

경찰서 맞은편에 차를 세우며, 데미안이 말했다.

"같이…… 가 주면 안 돼요?"

용기를 내어 물었다. 하청업자라고는 하지만, 데미안은 미국 대사관 직원 신분을 가지고 있다. 나 혼자 들어가는 것보다는 나을 것 같았다.

"변호사도 아니고. 도움이 안 될 겁니다. 저 멀대는 누구냐면서, 괜히 의심만 사겠죠."

"오래 걸릴지도 모르는데……."

"금방 끝날 겁니다. 뭘 물어보든, 그냥 모른다고 하십시오."

차에서 내려 경찰서를 향해 걸어갔다.

언니는 말했다. 가까이해선 안 되는 곳이 세 군데 있다고.

법원, 검찰 그리고 경찰.

참고인 조사일 뿐이라고 했지만, 나를 안심시키려는 수작일지도 모른다. 차라리 유괴범이 낫지. 자매 간첩단으로 엮인다면…… 뒷일은 상상조차 하고 싶지 않다.

경찰서로 들어서자, 중년 형사가 나를 맞아 주었다.

"시간 딱 맞춰 오셨네요. 고생하셨어요."

우리는 엘리베이터를 타고 여성청소년계 사무실로 올라갔다. 조사실에서 젊은 형사가 노트북을 펼쳐 놓고 나를 기다리고 있었다.

중년 형사가 나에게 줄 커피를 가져오는 동안, 젊은 형사는 신경질이 가득한 얼굴로 키보드만 두드리고 있었다. 조사실 안을 가득 채운 서슬 퍼런 공기가 나를 짓눌렀다. 당장 뛰쳐나가고 싶었다.

혼자 속앓이를 하고 있는데 중년 형사가 커피 잔을 든 채 조사실로 들어왔다.

"여기 모신 이유는 다름이 아니고요. 뭐 좀 여쭤볼 게 있어서요."

중년 형사가 나에게 커피 잔을 건넸다.

"홍선영 씨, 어렸을 때 실종된 적 있어요?"

젊은 형사가 뜬금없는 질문을 했다.

"실종……이라뇨?"

중년 형사가 낡은 전단지를 건넸다.

「아이를 찾습니다.」

'2004년 4월 5일 오전 10시, 뒷산으로 놀러 갔다가 귀가하지 않음. 자매를 목격하셨거나 비슷한 아이를 보신 분은 청주 청원 경찰서로 연락 바람.'

나란히 선 어린 여자애들의 사진이 이어졌다. 왼쪽 아이가 오른쪽 아이보다 머리 하나 정도 컸다. 둘 다 부끄러운 듯 배시시 웃고 있었다. 아이들의 얼굴 아래, 각자의 이름이 적혀 있었다.

'홍은희 (만 9세), 홍선영 (만 8세)'

이게 우리라고?

나는 사진 속 낯선 아이들을 뚫어져라 쳐다보았다.

"언니가 이 사진 보여 준 적 있어요?"

중년 형사가 물었다.

"아뇨……."

언니에게 옛날 사진을 보여 달라고 한 적 있다. 사진을 보면 잊어버린 기억이 떠오를지 모르니까. 언니는 어렸을 때 집에 불이 나서 우리의 어릴 적 사진이 전부 타 버렸다고 했다.

"실종된 적이 있다는 얘기는요?"

"전혀……."

사진 속 아이들은 우리 자매와 조금도 닮지 않았다. 그 사실에 자꾸 마음이 쓰였다.

"부모님은 두 분 다 2007년에 돌아가셨어요. 아버님은 병환이 깊으셨던 것 같고, 어머님은 스스로 세상을 떠나셨다고 하더라고요."

중년 형사가 딱하다는 표정을 지어 보였다.

"다른 친인척은 없으셨고, 실종 사건 수사는 그때를 기점으로 멈춰 있는 상태예요."

"생존 반응이란 말 들어 봤어요?"

젊은 형사가 끼어들었다.

89

"〈그것이 알고 싶다〉 같은 데서 흔히 나오는 말인데. 살아 있다는 증거 말이에요. 카드로 물건을 샀다든지, 계좌로 돈이 오고 갔다든지, 휴대폰 요금을 냈다든지."

"그건…… 왜요?"

"조사해 보니까 실종된 후, 처음으로 생존 반응이 나타난 게 2년 전이더라고요. 2024년, 홍선영 씨가 교통사고로 병원에 입원했을 때요."

"죄송한 말씀이지만, 인력의 문제도 있고 시스템이 갖춰져 있지 않아서 실종자 추적하는 데 어려움이 있거든요. 장기 실종 사건의 경우에는 더 그렇고. 그래서 실종자 가족들 의지가 중요한데, 두 분의 경우에는 부모님도 일찍 돌아가시고 해서."

중년 형사가 미안해하며 말했다.

그러니까 일정 기간이 지나면 실종자가 살았든 죽었

든, 일일이 들춰 보지 않는다는 거다.

"20년 동안 어디서 뭘 하면서 산 거예요? 언니가 이 일에 대해서 아무 말도 안 했다는 것도 이해가 안 되는데."

젊은 형사가 의심스러운 눈길을 보냈다.

나는 눈을 내리깔았다. 입안이 바싹 말랐다. 어깨가 부들부들 떨리기 시작했다. 두려웠다. 그런데 뭐가 두려운지 모르겠다.

언니가 우리의 실종 사건을 속였다는 사실이?

아니면, 우리가 홍은희, 홍선영이 아닐지도 몰라서?

"우리는 홍은희 씨가 실종자의 신분을 훔쳤을 가능성을 배제하지 않고 있어요."

중년 형사가 내 의심에 확인 도장을 찍었다. 예의 부드러운 목소리로.

"물론 홍선영 씨는 어떻게 된 일인지 모르시겠죠? 기억상실증을 앓고 있으니까."

젊은 형사가 빈정거렸다.

"병원에서 확인해 봤거든요. 기억이 없으시다고."

중년 형사가 걱정하는 투로 말했다.

"아무리 그래도…… 언니가 하는 말을 다 믿었어요? 기억이 없다는 건, 모르는 사람이나 마찬가지인 거잖아요."

명치를 세게 맞은 것처럼, 아무 말도 할 수 없었다.

"기억만 없으신 게 아니라, 지문도 없다면서요?"

젊은 형사가 비아냥거리는 투로 물었다.

"네…… 사고를 당했을 때……."

"하필 손끝을 다치셨네. 신원은 지문 대조해 보면 바로 알 수 있는데."

"실종 당시에 관할서에서 확보한 지문이 홍선영 씨 것밖에 없더라고요."

중년 형사가 덧붙였다.

형사들의 말에 좀처럼 집중할 수가 없었다.

언니가 언니가 아니라면, 언니가 말해 준 내 과거도 전부 거짓말이라면…….

나는 누구지?

조사실을 나와 엘리베이터에 탈 즈음에는 죽을 날을 앞둔 노인처럼 기운이 없었다.

"조만간 다시 나와 주셔야 할 거 같아요."

중년 형사가 나를 배웅해 주었다. 다음에도 참고인일지, 피의자일지는 말해 주지 않았다. 문이 닫히기 직전에 작업복 차림의 사내 둘이 엘리베이터에 탔다.

"뭔 놈의 카메라가 줄줄이 나간다냐?"

"낡아 빠져서 그래. 돈을 이런 데 써야지. 예산은 얻다 줄줄 흘리고 다니는지."

두 사람은 아래층에서 내렸다. 정복을 걸친 여경이 엘

리베이터에 올랐다.

닫힌 출입문에 멍하니 선 내 모습이 흐릿하게 비쳤다.

내가 내가 아니고, 언니가 언니가 아니라면…… 우리
가 자매인 건 맞나?

친자매도 아닌데 뭐 하러 널 돌봤겠어?

뭔 소리들 하는 거야? 난 홍선영이고, 언니는 홍은희야.

머릿속에서 수많은 목소리가 난상 토론을 벌였다.

푹신한 침대에 쓰러져 한숨 푹 자고 싶었다. 깨어나면,
아무 일도 없었다는 듯 언니가 집에 들어오고, 함께 저녁
을 먹고, 시시콜콜한 얘기나 떠들다가 밤 산책을 나가는
거다.

늘 반복되는 평범한 일상이었는데, 이제는 나와 상관
없는 딴 세상의 일처럼 느껴졌다.

비참한 기분에 휩싸여 있는데, 여경이 내가 눌러 놓은
1층 버튼을 눌러 불을 끄더니, 지하 2층을 눌렀다.

엘리베이터가 아래로 내려가기 시작했다. 다시 1층을
누르려는데, 여경이 나를 빤히 쳐다보았다.

"조사 잘 받았어?"

마스크로 얼굴을 가리고 있었지만, 목소리만 들어도
누군지 알 수 있었다.

어떻게 잊을 수 있을까? 나에게 총을 겨눈 여자의 목소
리를.

선글라스를 끼지 않은 올빼미의 눈은 참 예뻤다. 짙은 쌍꺼풀 아래, 구슬처럼 빛나는 밤색 눈동자가 나를 빤히 쳐다보고 있었다. 그 눈에는 아무런 감정이 담겨 있지 않았다.

도망칠 곳이 없어 벽에 등을 바짝 붙였다. 올빼미가 작은 스프레이를 꺼내 들고 내 얼굴에 뿌렸다. 차가운 습기가 피부를 적셨다. 매캐한 냄새가 콧속으로 스며들었다. 시야가 빠르게 흐려졌다. 눈꺼풀이 무겁게 내려앉았다.

"한숨 푹 자."

올빼미의 목소리가 꿈결처럼 멀어졌다.

11. 납치

나는 조수석 의자에 앉은 채 거꾸로 매달려 있었다.

안전벨트가 내장을 부숴 버릴 듯, 내 허리를 잡아챘다. 아래로 축 늘어진 머리카락을 타고 진득한 핏물이 후두둑 떨어졌다. 한때 자동차 천장이었던 곳에 피가 고였다.

언니는 에어백에 얼굴을 파묻고 허우적거리고 있었다. 조수석 에어백은 작동하지 않았다. 고장이 난 건지, 원래 없었던 건지 모르겠다.

여기는 뒤집힌 차 안이다. 깨진 유리 조각이 사방에 널려 있었다. 조수석 문은 안쪽으로 구겨져 있고, 뒷좌석 쪽은 완전히 부서져서 바깥이 훤히 내다보였다.

"너……"

나를 보는 언니의 얼굴이 경악으로 일그러졌다.

금이 간 룸미러에 내 모습이 비쳤다. 내 뒤통수에 커다란 유리 조각이 박혀 있었다.

통증은 느껴지지 않았다. 꿈꾸는 것처럼 정신이 몽롱했다.

철커덕— 철커덕—

어디선가 기차 소리가 들려왔다.

여긴 교차로 한복판이다. 기차가 지나갈 리 없다. 그런데도 소리는 점점 가까워졌다. 새마을호 열차가 창밖을 스쳐 지나갔다. 타임랩스로 녹화한 것처럼 시간이 느리게 흘러갔다.

헛것이 다 보이네. 죽을 때가 됐나?

열차에 달린 창문 너머로 어린 여자애 얼굴이 보였다. 손에 뭔가를 들고 골똘히 들여다보고 있었다.

내 시선을 느꼈는지, 아이가 고개를 들고 나를 바라보았다.

눈이 마주치는 순간. 칼로 후벼 파는 통증이 골통을 뒤흔들었다.

◇◇◇◇◇

"헉."

끔찍한 두통에 놀라며 눈을 떴다.

반사적으로 몸을 일으키는데 뭔가가 내 허리를 단단히 붙들고 놓아주지 않았다.

나는 의자에 퍼질러 앉아 있었다. 허리와 등받이는 밧줄로 한데 묶여 있고, 양 손목은 팔걸이에 단단히 고정되었다. 발목은 양쪽 다리에 묶여 옴짝달싹할 수 없었다.

여기는 어느 집 거실이었다. 커튼 사이로 스며든 햇볕이 바닥에 드리워졌다. 장식장 위에는 커다란 브라운관 텔레비전이, 낡은 소파와 연식이 느껴지는 자개장, 벽에는 커다란 액자도 걸려 있었다.

"악몽이라도 꿨나 봐?"

거실 구석에서 휴대폰을 붙잡고 앉아 있던 올빼미가 몸을 일으켰다.

"천하태평이야. 꿈이나 꾸고."

그녀는 내 맞은편에 빈 의자를 놓고 엉덩이를 걸쳤다.

"나한테 왜 이래요……?!"

"기억나? 여기가 어딘지?"

기억날 리가 없었다. 처음 보는 풍경이니까.

"잘 봐."

올빼미가 벽에 걸린 액자를 가리켰다. 액자 안에 끼워져 있는 건 가족사진이었다. 어린 여자애 두 명과 아버지, 어머니. 네 가족이 환하게 웃으며 서로를 부둥켜안고 있었다.

경찰이 보여 준 전단지 속 아이들이었다.

"할 짓이 없어서 생사도 모르는 애들 신분을 훔쳐?"

올빼미가 다 안다는 투로 말했다.

"난 몰라요…… 뭐가 어떻게 된 건지……."

"너희 언니가 지금 어디 있는지는 아나?"

"내가 제일 알고 싶은 게 그거라고!"

나를 보는 올빼미의 눈에 불신이 가득했다.

그녀는 의자를 바짝 당겨 가까이 앉더니, 휴대폰 화면을 들이댔다.

블랙박스로 녹화한 영상이 재생됐다. 길가에 주차된 차들이 길게 늘어서 있는 비탈길. 한 여자가 빠른 걸음으로 경사진 길을 내려갔다. 어디서 본 길이다 싶었는데, 데미안과 다녀온 별빛 나래 보육원 근처였다.

"이거 누구야?"

제 발 저린 도둑처럼 뒤돌아보는 여자의 얼굴.

언니였다.

"언제 녹화됐는지 나와 있지? 소리 내서 읽어."

나는 화면 하단에 박혀 있는 날짜를 읽었다.

"2026년 4월…… 13일…… 오후 7시 30분…….."

등골이 오싹해졌다.

열차가 대전역을 지나 옥천으로 접어들 시간이다. 언니는 여기 있으면 안 된다. 열차 안에 있어야 한다.

"계속 모른 척할래?"

"말도 안 돼……. 경찰이 확인했어요. 언니는 분명히 그 열차에 탔다고요……!"

"이건 어떻게 설명할 건데?"

"왜 나한테 물어요?"

"그러면 누구한테 묻지?"

올빼미가 피식 웃으며 물었다.

"홍은희한테 다른 가족이 있어, 친구가 있어? 천지간에 너희 둘뿐이잖아."

"내가 뭘 알아야 얘기를 하죠!"

"애들은? 어디로 빼돌렸지?"

"무슨 애들?"

"튜너들 말야."

"그게 뭔데?"

"천지유, 임하준, 장수연, 유미르. 네 언니가 빼돌린 애들."

"난 호동이밖에 모른다고!"

"그래. 문호동도 포함해야겠네."

올빼미가 피곤한 한숨을 내쉬었다.

"계약한 지가 언젠데 일이 끝나지를 않아. 꼬이기만 하고. 내가 아주 힘들다. 그러니까 네가 좀 도와줘라."

"나도 그러고 싶은데…… 모른다고요……. 아무것도."

"계속 이렇게 어렵고, 고된 길만 골라서 가겠다는 거지?"

올빼미가 의자에서 일어섰다.

"사람 몸에 혈 자리가 몇 개나 있는 줄 아나? 360개야. 알려진 것만 치면."

그녀의 손이 내 팔을 쓰다듬었다. 차가운 뱀이 지나가는 것처럼, 손길이 지나간 곳마다 솜털이 곤두섰다.

"나는 알려지지 않은 혈 자리를 집중적으로 배웠어. 살짝만 눌러도 숨통이 끊어지는 자리도 있고, 죽는 게 나을 만큼 끔찍한 고통이 느껴지는 곳도 있고."

올빼미의 엄지손가락이 내 오른쪽 팔꿈치 언저리에 멈췄다.

"네 입에서 진실이 나올 때까지 여기저기 눌러 볼까?"

살갗을 서서히 짓누르는 압력이 느껴졌다.

"너희 언니, 지금 어디 있어?"

"모른다고 했……."

올빼미가 엄지손가락에 힘을 주었다.

감전된 것처럼, 엄청난 충격이 팔을 타고 온몸으로 번졌다. 나는 비명도 지르지 못한 채 허리를 뒤틀었다.

"다시 묻는다. 빼돌린 애들, 어디에 숨겼지?"

"……."

"모른다, 기억이 안 난다. 그런 말은 하지 마. 청문회 하는 거 아니니까."

올빼미가 내 쇄골 언저리를 더듬었다.

"문호동까지 어린애 다섯 명을 빼돌렸어. 홍은희 혼자서 할 수 있는 일이 아니잖아. 패거리가 있다는 거겠지. 뭐 아는 거 없나?"

"잠깐만요…… 이러지 말고……."

"이번엔 기절할 수도 있어. 걱정 마. 바로 깨워 줄 테니."

"……."

"할 말 없나?"

"……."

쇄골에 가해지는 압력이 스멀스멀 커졌다. 눈을 질끈 감고 이 끔찍한 순간이 빨리 지나가기만을 바랐다.

갑자기 쇄골을 누르던 압력이 사라졌다.

올빼미가 고개를 들고 코를 킁킁거리고 있었다.

"무슨 냄새 안 나?"

그러고 보니 어디선가 타는 냄새가 풍겼다.

우리는 동시에 고개를 들고 천장을 올려다보았다.

"가만히 있어."

올빼미가 권총을 꺼내 들었다. 소음기를 꺼내 총구에

끼우며 현관문으로 걸어갔다. 문에 귀를 갖다 대고 바깥 동정을 살피더니 조심스럽게 문을 열었다. 타는 냄새가 혹하고 실내로 밀고 들어왔다. 올빼미는 허튼 생각 하지 말라는 듯 나를 쏘아보고는 밖으로 나갔다.

그녀가 시야에서 사라지자마자, 결박을 풀어 보려 몸을 비틀고 용틀임을 쳤다. 그러다 의자와 함께 옆으로 쿵 쓰러졌다. 어찌나 꼼꼼하게 묶어 놨는지 결박은 그대로 였다. 타는 냄새가 진해지면서 뜨거운 열기가 거실을 짓 누르기 시작했다. 지붕에 불이 났나 보다. 고문당하다 죽는 게 나을까? 산 채로 타 죽는 게 나을까?

어느 쪽이든 호상은 글렀다.

그때 누군가 안으로 뛰어 들어왔다. 데미안이었다. 반가워서 눈물이 나올 것 같았다. 그는 조용히 하라는 시늉을 하고는, 잽싸게 결박을 풀어 주었다.

데미안이 나를 부축해 밖으로 데리고 나왔다. 내가 있던 곳은 2층짜리 양옥집이었다. 지붕이 활활 불타고 있었다. 마당에 텅 빈 말통 두 개가 널브러져 있었다. 집 앞에 세워져 있는 데미안의 지프차를 향해 달려가는데, 등뒤에서 다급한 발소리가 들렸다. 집 뒤편에서 뛰쳐나온 올빼미가 우리를 향해 총을 겨누었다.

"숙여요!"

내 등을 누르며, 데미안이 소리쳤다. 그는 조수석 문을 열고 나를 밀어 넣었다. 퍽! 퍽! 차체에 총알 박히는 소리가 연달아 들렸다. 데미안은 운전석에 올라타자마자 차를 출발시켰다.

우리는 단독주택이 늘어서 있는 콘크리트 포장도로를 지나, 도심으로 이어지는 도로로 들어섰다. 뒤에서 부아앙— 하는 거친 엔진 소리가 들렸다. 돌아보았더니, 검은색 밴 한 대가 우리를 쫓아오고 있었다. 올빼미가 운전대를 잡고 있었다.

데미안은 속도를 끌어올리며 빠르게 달리는 차들 사이를 요리조리 비집고 나갔다. 검은색 밴은 좌우로 휘청거리면서도 차선을 바꿔 가며 우리를 바짝 추격했다.

꿈인지 기억인지 알 수 없는 환영이 머릿속을 스쳤다. 쫓기고 있던 언니와 나. 하얀색 스포츠카. 사고. 뜬금없이 나타난 새마을호 열차. 그 안에 타고 있던 여자애.

세상의 종말이 닥쳐올 테고, 우리가 그걸 막아야 한다고 언니는 말했다.

"벨트 매요!"

데미안의 호통에 정신이 들었다. 내가 벨트를 채우고 있는데 데미안이 오른쪽으로 핸들을 꺾었다. 차체가 기울어지면서 빠르게 우회전했다. 룸미러에 우리를 쫓아오는 검은색 밴이 비쳤다.

앞은 직선 도로였다. 좌우로 도망칠 길도 보이지 않았

다. 데미안은 하는 수 없이 있는 대로 속도를 냈다. 내비게이션이 300미터 앞에 교차로가 기다리고 있음을 알렸다.

내비게이션 모니터가 깜빡거리더니, 화이트 노이즈로 뒤덮였다. 점멸하는 하얀 점들이 한데 뭉쳐 기묘한 형체를 만들어 냈다.

누군가의 눈으로 본 교차로. 신호는 빨간불.

아랑곳하지 않고 교차로로 뛰어드는 순간, 앵글이 왼쪽으로 돌아갔다.

덤프트럭 한 대가 시야로 훅 뛰어들었다.

정체불명의 영상은 홀연히 사라지고, 평소의 내비게이션으로 돌아왔다.

어안이 벙벙했다.

편의점에서 본 헛것이 떠올랐다. 계산대 모니터에서, 아저씨가 죽는 장면이 흘러나왔고 얼마 후 눈앞에서 고스란히 재연되었다. 그땐 말 그대로 헛것을 본 줄 알았다. 데자뷔 같은 현상이거나.

만약에 내가 본 것이 헛것이 아니었다면…….

"방금 그거 봤습니까?"

데미안이 얼떨떨한 목소리로 물었다. 내 눈에만 보이는 게 아니었던 모양이다. 뭐라고 대답해야 할지 몰라 머뭇거리는데, 교차로가 성큼 다가왔다. 신호가 빨간색으로 바뀌었다. 방금 본 것과 똑같았다.

"차선 바꿔요."

"뭐요?"

"바꾸라고!"

데미안은 영문도 모른 채 옆 차선으로 뛰어들었다.

"브레이크!"

목청이 터져라 소리쳤다.

데미안이 브레이크를 밟았다.

올빼미의 검은 밴은 속도를 줄이지 못하고 우리를 스쳐 지나갔다. 밴이 교차로 한복판에 뛰어드는 순간, 왼편 도로에서 달려온 덤프트럭이 밴을 들이받았다.

하늘이 쪼개지는 것 같은 굉음이 울려 퍼졌다. 밴이 데굴데굴 구르며 튕겨 나갔다. 누가 망치로 때려 부순 것처럼 엉망진창이었다.

올빼미는 살아남았을까?

걸레짝처럼 나뒹구는 밴을 보니, 그럴 확률은 낮아 보였다.

차에서 내린 사람들이 밴을 향해 다가갔다. 덤프트럭 운전사가 뒷목을 주무르며 차에서 내렸다. 휴대폰을 귀에 댄 채 사고가 났다고 신고하고 있었다.

"여기서 떠납시다."

데미안이 차를 유턴시켰다.

사이드미러에 비친 부서진 밴이 빠르게 멀어졌다.

12。예언자

한바탕 추격전을 벌인 탓일까. 배 속에 거지가 들어앉은 것처럼 배가 고팠다. 데미안이 문을 연 핫도그 가게를 발견했다. 나는 소시지가 든 기본 핫도그를, 데미안은 칠리가 든 메뉴를 골랐다.

"맛이 없네요."

데미안이 미간을 찡그렸다.

"지금 맛이 문제예요? 살아 있는 것만 해도 다행이구면."

나는 게걸스럽게 핫도그를 먹어 치웠다.

데미안은 핫도그를 우물거리며, 어떻게 날 찾았는지 털어놓았다.

한참이 지나도 내가 나오지 않자, 데미안은 정보원을 통해 어떻게 된 일인지 알아보려 했다. 그 과정에서 뜻밖의 사실을 알게 됐다. 경찰서 안의 감시 카메라가 일제히 고장 난 것이다. 석연치 않은 이유로.

수상한 낌새를 눈치챈 데미안은 나를 찾아 나섰다. 나는 증발한 것처럼 경찰서 안에서 사라져 버렸다. 데미안은 경찰서 맞은편 교통 감시 카메라에 녹화된 영상에서, 수상한 검은색 밴이 경찰서를 나서는 장면을 목격했다. 내 조사가 끝난 지 10분쯤 지났을 때였다. 번호판을 조회해 보니 경찰 소유 차량이 아니었다. 그런데 운전자는 선글라스와 마스크로 얼굴을 가린 채 경찰 유니폼을 입고 있었다. 데미안은 검은색 밴을 추적했고, 다행히 내가 고문당하다 죽기 전에 구출할 수 있었다.

"올빼미는 죽었겠죠?"

"아마도요."

데미안이 반쯤 해치운 핫도그를 내려놓으며 말을 이었다.

"우리가 죽을 수도 있었습니다. 내비게이션에 뜬 영상이 아니었다면."

그는 할 말이 있지 않느냐는 듯, 내 눈을 빤히 쳐다보았다.

"내비게이션 화면에 뜬 영상, 그건 우리가 곧 겪게 될 일이었습니다. 맞습니까?"

"……."

"선영 씨는 이미 알고 있는 것 같더군요."

나는 편의점에서 있었던 일을 털어놓았다. 영문은 모르겠지만, 같은 일이 또다시 일어난 것이다.

"모니터로 미래를 본다니. 스트리밍하는 것 같네요."

데미안이 감탄하며 말했다.

내가 무슨 걸어 다니는 셋탑 박스도 아니고. 기가 차서 웃음이 나왔다.

"고대 그리스 쿠마라는 곳에 유명한 무녀가 있었다고 하죠. 예수의 탄생을 예언했다던데. 노스트라다무스도 있고, 에드거 케이시는 꿈에서 미래에 벌어질 일을 보았다던데. 홍선영 씨도 예언자인 겁니다."

"오버하지 마요. 고작 몇 초 뒤에 벌어질 일을 본 것뿐이라고요."

"덕분에 목숨을 건지지 않았습니까?"

뭐, 틀린 말은 아니네.

"전에 내가 한 말 기억합니까? 초능력자를 본 적 있다던."

"기억나요."

"프리랜서가 되기 전에 군대에 있었습니다. 중동에도 몇 년 있었고, 그만두기 전에는 남아메리카에서 작전을 몇 건 뛰었죠."

"특공대, 뭐 그런 거였나 봐요?"

데미안이 고개를 끄덕였다.

"우리가 상대하는 건 테러리스트, 아니면 마약 카르텔이었습니다. 자연스럽게 케테르 재단에 대해서 알게 됐죠. 녀석들은 무기와 마약, 둘 다 관여하니까요."

하루는 미국과 멕시코의 국경에 걸쳐 있는 습지대로 작전을 나갔다.

코카인 100킬로그램을 실은 카르텔 소유의 선박이 그곳을 지나갈 예정이었다. 100킬로그램이면 미국인 천만 명이 동시에 투약할 수 있는 양이다. 배에 실린 마약이 미국으로 넘어가지 못하도록 막는 것이 데미안과 동료들의 임무였다.

습지대 인근에는 오두막이 딸린 부두가 있었다. 몸을 숨기고 주변을 감시하기 좋았다. 은밀히 선박을 기다리기에 딱 좋은 장소였다. 분대장이었던 데미안은 오두막 안으로 열다섯 명의 분대원들을 들여보냈다.

"오두막 안에서 누가 우릴 기다리고 있었습니다."

데미안의 낯빛이 어두워졌다.

"카르텔이요?"

"케테르 재단에서 보낸 사람이었습니다. 나중에 알았지만, 녀석들은 카르텔과 한패였더군요. 투자도 하고, 이런저런 편의를 봐주면서 떡고물을 가져가는."

오두막 안에 한 남자가 서 있었다.

곰을 연상케 하는 덩치에, 붕대로 가린 얼굴.

남자는 공간을 건너뛰는 것처럼 순식간에 오두막 이쪽에서 저쪽으로 이동했다. 그때마다 카메라 플래시가 터지는 것처럼, 눈부신 섬광이 뿜어져 나왔다. 찰나의 순간이 지난 후, 데미안의 눈앞에는 열다섯 구의 시체가 즐비하게 늘어서 있었다.

순간 이동이었다. 그것 말고는 설명할 방법이 없었다.

데미안은 창문을 박차고 뛰쳐나갔다. 그 길로 부두를 가로질러 진득한 물속으로 뛰어들었다. 수영을 못 하는 건지, 남자는 물속까지 쫓아오지는 않았다. 덕분에 데미안은 목숨을 건졌다.

"내가 분대원들을 오두막에 들여보내지 않았다면, 다른 곳에 매복했다면 어땠을까. 그런 생각을 합니다."

늘 속을 알 수 없는 무심한 얼굴이었는데, 지금은 비에 흠뻑 젖은 고양이처럼 처량해 보였다.

"데미안 잘못이 아니에요. 무슨 일이 벌어질지 몰랐던 거잖아요."

"그 남자는 케테르 재단을 위해 일하는 해결사였습니다. 그림자. 다들 그렇게 부르더군요."

"그림자를 잡으려고, 케테르 재단을 쫓는 거예요?"

"일을 맡으려는 사람이 없었거든요. 나 말고는. 그림자를 만난 사람은 다 죽었으니까."

데미안이 쓴웃음을 지었다.

"아무튼, 홍선영 씨는 내가 만난 두 번째 초능력자군요."

"언니도 포함해야 할 거 같아요."

나는 4월 13일, 열차가 실종되기 직전에 언니가 서울에 있었다는 사실을 털어놓았다.

"닮은 사람 아닐까요?"

"그러기엔 너무 똑같던데요."

"선영 씨가 모르는 쌍둥이 언니가 또 있는 건지도 모릅니다."

"언니를 만나서 직접 물어보는 수밖에요."

나는 올빼미가 늘어놓은 튜너들 얘기도 했다. 언니가 그 아이들을 빼돌렸다고 하는 걸 보니, 원래 케테르 재단이 노리던 아이들이었나 보다.

"혼자서 애 다섯 명을 납치하는 건 쉬운 일이 아닙니다."

"올빼미도 비슷한 소리를 했어요."

"애들을 숨겼다면, 남들 눈에 띄지 않고 애들을 가둬둘 장소도 필요할 테고. 언니 명의로 된 건물이나 땅이 있습니까?"

"아뇨."

"홍선영 씨는요?"

"있을 거 같아요?"

"예의상 물어본 겁니다."

"다른 사람 명의로 샀을 수도 있겠네요."

내 말에 데미안이 고개를 끄덕거렸다.

형사들이 의심하는 것처럼 언니가 실종자의 신분을 훔친 거라면 같은 짓을 반복하고 있을 수도 있다.

"근데, 좀 달라진 것 같습니다."

데미안이 내 안색을 살폈다.

"뭐가요? 내가요?"

"말을 더듬지 않네요."

그러고 보니, 언젠가부터 말을 더듬지 않고 있다.

올빼미에게 잡혀 가기 전까지만 해도, 말 한마디 내뱉는 것조차 힘들었는데. 나한테 뿌린 스프레이에 각성제라도 들어 있었나? 정보를 캐내려면 의사소통은 가능해야 하니까, 잠든 사이 총명탕을 먹였는지도.

"뉴욕에 진짜 괜찮은 핫도그 가게가 있습니다. 나중에 같이 가시죠."

결국 핫도그를 남긴 데미안이 침통한 얼굴로 말했다.

"뉴욕에요? 얼마나 맛있길래……."

"인간이 만든 단어로는 그 맛을 표현할 수 없습니다."

데미안이 진지하게 말했다. 그렇게 핫도그가 좋으면 가게를 하지, 왜 목숨 걸고 험한 일을 하는 건지.

데미안의 휴대폰이 진동했다. 문자를 들여다보던 데미

안의 표정이 딱딱하게 굳었다.

"왜요? 무슨 일 있어요?"

"보면 압니다."

데미안이 유튜브를 열어 생방송 중인 뉴스 채널로 들어갔다. 바닷가에 경찰관들이 잔뜩 몰려 있었다. 부두에 커다란 바지선이 들어와 있었는데 천으로 가려진 육중한 무언가가 실려 있었다. 윤곽으로 봐서는 컨테이너처럼 보였다.

〈제주도 서귀포 남단에서 KTX 070 열차 6번 차량 발견〉

13。세 명의、언니

데미안은 나를 집 앞에 내려 주고, 어떻게 된 일인지 알아보러 갔다. 옥천에서 사라진 열차가 왜 제주도 남쪽 바다에서 발견됐는지 영문을 알 수 없었다. 생각보다 놀랍지는 않았다. 며칠 사이에 황당한 일을 너무 많이 겪은 탓이다. 아무튼 이제 하루아침에 자매 간첩단이 될 걱정은 하지 않아도 된다. 북한이 아무리 전지전능하다 해도 열차 하나를 통째로 납치한 뒤, 객차 하나만 떼어 내서 아무도 모르게 제주도 바다에 처박아 놓지는 못할 테니까.

따듯한 물로 샤워한 뒤 새 옷으로 갈아입었다. 냉동 만두를 데워 대충 끼니를 때웠다. 배를 채우고 나니 기운이 좀 생겼다.

언니의 방으로 들어갔다. 추억의 물건들이 가득한 책

상. 몇 벌의 옷이 가지런히 걸려 있는 행어. 이부자리가 정리된 침대. 언니의 체취가 그리워서 방문을 열어 본 건 아니었다. 그리워? 이제 언니는 가족이 아니라 웬수다. 어쩌면 원수인지도 모른다.

언니는 하루 반나절을 이 집에서 보냈다. 위장 신분이 있다면, 그 신분으로 아이들을 빼돌렸다면 집 안 어딘가에 흔적을 남겼을지 모른다. 완전범죄는 없다. 모든 범인은 흔적을 남기기 마련이니까. 유튜브에서 배웠다.

책상 서랍을 뒤지는데 낯선 책 한 권이 보였다. 『아카식 레코드와 다차원 세계』라는 낯선 제목 아래, 뫼비우스의 띠를 연상케 하는 기묘한 문양이 그려져 있었다.

언니는 웹소설이라면 환장을 했다. 회귀, 빙의, 환생을 일삼으며, 주로 북부 대공이 남자 주인공으로 등장하는 판타지 로맨스물. 언니는 말이 되느냐고 비웃으면서도 눈이 벌게질 때까지 탐독하곤 했다. 언니가 종이책을 보는 모습은 한 번도 보지 못했다.

표지는 빛이 바랜 지 오래였고 글씨체는 촌스러운 궁서체였다. 저자는 두 사람이었다. 제레미 아이즈너와 아이작 보그다노프. 제레미 아이즈너는 수학자 겸 물리학자, 아이작 보그다노프는 컴퓨터 공학자였다. 둘 다 카리스마 넘치는 북부 대공처럼 보이지는 않았다. 〈빅뱅이론〉 같은 미국 시트콤에 나올 법한 전형적인 너드(Nerd)

관상이었다.

「……끈 이론을 통해 열한 개의 차원이 존재한다는 사실이 밝혀졌다. 이론이 발전되고 확장되는 과정에서 차원의 숫자는 점차 늘어났고, 현재 알려진 차원의 숫자는 스물여섯 개에 달한다.

각각의 차원은 상이(相異)한 물리법칙을 가진다. 우리가 다른 차원을 감지할 수 없고, 자유롭게 왕래할 수 없는 이유다. 그러나 이러한 차원의 규칙에서 벗어난 존재들이 있다.

우리는 그들을 튜너(Tuner)라고 명명했다. 라디오를 구성하는 튜너처럼 다른 차원의 신호를 감지할 수 있기 때문이다.」

튜너?

올빼미가 말한 튜너가 이건가?

「이들의 대뇌에는 발견자들의 이름을 본뜬, 후쿠하라-베르너 돌기가 돋아나 있다. 일종의 기형으로 밝혀졌지만, 우리가 보기에는 축복에 가깝다. 이 돌기는 다른 차원의 신호를 감지하는데, 그중에는 모든 차원의 중심이라 할 수 있는 아카식 레코드의 신호도 포함되어 있다.

아카식 레코드에서 온 신호는 돌기를 타고 뇌 전체로 퍼져 나가며, 뉴런과 시냅스에 직접적인 영향을 미친다. 그 결과 뉴런 연결망이 기묘한 형태로 변화한다. 튜너들은 변화한 뉴런 연결망으로 인해 우리의 물리법칙을 초월한, 다른 차원의 능력을 얻게 된다. 이것이 소위 말하는 초능력이다.」

책을 읽다 보니 데미안이 들려준 MK 울트라 프로젝트가 떠올랐다. 초능력자들의 뇌에 존재한다던 특별한 기관 얘기도. 그 기관이 후쿠하라-베르너 돌기였는지도 모를 일이다.

「⋯⋯아카식 레코드는 19세기에 유행했던 신지학(神智學)에 등장하는 용어다. 우주의 탄생과 종말에 이르는 모든 역사가 기록된 초자연적인 도서관. 우주를 의식을 가진 하나의 존재로 보는 이들은 아카식 레코드를 우주 의식의 중추라고 표현하기도 한다.」

책장을 넘기는데, 책의 속을 파내서 만든 홈이 나타났다. 네모난 홈 안에 신분증이 숨겨져 있었다. 책을 뒤집어 탈탈 털었다. 겹쳐 있던 주민등록증 석 장이 떨어졌다. 이름은 전부 다르지만, 사진은 똑같았다.

경직된 표정으로 정면을 응시하고 있는 여자.

언니였다.

다음 날 아침, 데미안이 우리 집을 찾았다.

"명의 세 개로 알뜰하게 사 모았더군요."

데미안이 식탁에 등기부등본을 올려놓았다.

어젯밤, 데미안에게 전화를 걸어 언니의 가짜 신분에 대해 알렸다. 데미안은 세 개의 명의로 사들이거나 임대한 공간이 있는지 알아보겠다고 했다.

"이상한 건, 올 초에 대부분 처분했다는 겁니다. 하나만 빼놓고."

등기부등본을 넘기려는데, 데미안이 내 손을 붙잡았다.

"보기 전에 마음의 준비를 하는 게 좋습니다."

"무슨 준비요?"

"심호흡이라도 하세요."

도대체 뭘 얼마나 사들였기에……

미심쩍은 눈으로 데미안을 보는데, 내 손등에 전해지는 따뜻한 온기가 느껴졌다. 내 손등에 포개어진 데미안의 손을 물끄러미 바라보았다. 외간 남자와 손을 맞대는 건 처음이다. 기억을 잃기 전에 밥 먹듯이 연애를 거듭했을 수도 있지만……

"아, 미안합니다."

데미안이 멋쩍은 미소를 지으며 슬그머니 손을 빼냈다.

나는 숨을 깊이 들이마시고, 천천히 내쉬었다.

"심호흡했어요. 됐죠?"

데미안이 마음껏 보라는 듯 손짓했다.

등기부등본을 넘겨 부동산 목록을 훑어보았다.

다세대 주택 세 채.

빌라 다섯 채.

상가 하나.

32평 아파트.

반포 자이였다.

총 맞은 것처럼, 머리에서 핏기가 가셨다.

"왜 멀쩡한 아파트를 놔두고 여기 살았을까요? 세를 준 것도 아니던데."

"그러게요. 꼭 물어보고 싶네. 미친 거 아니냐고."

뱃속 깊은 곳에서 솟구쳐 오르는 울화를 억누르며, 간신히 입을 떼었다. 데미안이 내 눈치를 살피며 말했다.

"아직 처분하지 않은 건, 여기 상가뿐입니다."

상가 주소가 낯익었다.

우리 동네였다.

14. 실험실

商가는 우리 집에서 두 블록 떨어진 곳에 있었다.

다행히 낮은 단층 건물이었다. 으리으리한 고층 건물이었다면 화를 참지 못하고 담벼락이라도 걷어찼을 것이다.

슬레이트 지붕 아래, '추억 여행 8090'이라고 쓰인 간판이 걸려 있었다. 데미안이 셔터를 밀어 올렸다. 유리로 된 출입문에는 먼지가 뽀얗게 끼어 있었다. 문고리를 당겨 보니 잠겨 있었다. 데미안이 나를 뒤로 물러서게 한 뒤, 팔꿈치로 문에 달린 유리창을 깼다. 그러더니 안으로 손을 집어넣어 잠금장치를 풀었다.

가게 안은 볕이 들지 않아 밤처럼 어두웠다. 형광등 스위치를 올렸지만, 전구가 나갔는지 불이 켜지지 않았다. 하는 수 없이 휴대폰 플래시를 켜고 내부를 비췄다.

창문이란 창문에는 전부 브로마이드가 붙어 있었다. 서

태지와 아이들, H.O.T., 젝스키스, S.E.S., 핑클……. 유튜브에서 본 추억의 가수들이 여기서 정모라도 하는 것 같았다. 가게 안은 언니 방에 있을 법한 레트로 아이템으로 채워져 있었다. 턴테이블, LP 음반들……. 쫀드기와 아폴로 같은 과자도 있었다.

"다마고치다……."

데미안이 귀신에 홀린 것처럼, 다마고치가 잔뜩 걸려 있는 진열장으로 다가갔다. 권총 한 자루에 의지한 채 생사를 넘나들던 모습과는 딴판이었다.

"어렸을 때, 개나 고양이를 키우고 싶었습니다."

"동물 좋아해요?"

"딱히 그런 건 아닙니다. 중학교 2학년 때 이민 갔는데, 영어를 잘하지 못했습니다. 피부색도 다르고. 친구가 생길 리 없었죠."

외로웠나 보다.

말투는 담담했지만, 데미안의 표정에서 씁쓸한 감정이 묻어났다.

"부모님은 개나 고양이 대신 다마고치를 사 주시더군요. 털도 안 날리고, 건전지 말고는 돈도 안 드니까요."

짠한 눈으로 데미안을 보다가 나에게도 친구가 없다는 사실이 떠올랐다. 생각하면 할수록 나만 비참해지는 것 같아서, 가게 안으로 눈을 돌렸다.

안에는 먼지만 풀풀 날리는 데다, 벽이며 천장에 곰팡이가 가득했다. 장사는커녕 관리도 안 할 거면서, 이런 상가는 왜 사들인 건지. 그때 낯익은 오락 기계가 눈에 들어왔다.

'〈차원 수비대〉.'

우리 집 거실에 있는 것과 같은 기계였다. 언니가 이걸 가져다 놓은 데에는 이유가 있을 것이다.

전원을 켜자 익숙한 BGM이 흘러나왔다. 반쯤 열려 있는 돈통에서 동전을 꺼내 기계에 찔러 넣었다. 1P 버튼을 누르자 게임이 시작됐다. 내가 조종하는 전투기가 화면에 나타났다. 차원을 어지럽히는 악당들의 UFO가 나타나 미사일을 난사하기 시작했다. 미사일을 피하며 레이저 빔을 날렸다. 언제나 첫판을 깨지 못하고 고배를 마셨다. 오늘은 달랐다. 내 손놀림은 전과는 비교할 수 없을 만큼 가벼웠고 판단은 빠르고 정확했다.

"실력이 굉장한데요?"

그러게. 나 왜 잘하지?

첫판 보스는 집채만 한 풍선을 매단 열기구였다. 핵폭탄처럼 버섯구름을 뿜어내는 폭탄을 난사했다.

언니는 과외 선생처럼 보스 공략법을 들려주곤 했다. 첫판 보스는 공격 패턴이 일정하다. 왼쪽에서 오른쪽으로, 비질하듯 폭탄을 뿌린다. 그러니까 나는 반대로 움직여 피하면서 딜을 넣으면 된다.

퍼펑!

요란한 폭발음과 함께 보스가 터졌다. 언니의 공략법이 완전히 들어맞은 것이다. 흥에 겨워 데미안에게 손바닥을 내밀었다. 하이파이브 대신 데미안이 놀란 낯으로 중얼거렸다.

"움직입니다."

"뭐가요?"

드르륵— 하는 소리에 고개를 돌려 보니, 오락 기계가 천천히 옆으로 움직이고 있었다. 기계로 가려져 있던 벽에 구멍이 뚫려 있었다. 검은 페인트로 칠해 놓은 것처럼 시커먼 어둠 저편에서, 음산한 냉기가 흘러나왔다.

공포영화에서 이런 구멍이 나오면 도망치는 것이 상책이다. 안에 듣도 보도 못한 괴물, 끔찍한 몰골을 한 귀신, 미치광이 살인마 등등이 득시글거리기 마련이니까. 하지만 이건 영화가 아니다. 현실이다.

나는 아마도 언니가 만들었을 구멍 너머로 휴대폰 플래시를 비췄다. 지하로 내려가는 계단이 모습을 드러냈다. 폭이 좁고 경사가 가팔라서 한 번만 발을 헛디디면 골로 갈 것 같았다. 우리는 조심조심 계단을 내려갔다.

아래층에 닿자 자동으로 형광등이 켜졌다. 위층이 레트로라면, 여기는 SF랄까. 50평은 될 법한 넓은 공간 안에 기묘한 형상의 전자장비와 의료기기들이 가득했다. 병원에 있을 때 들어가 본 적 있는 MRI 기계도 있었다. 우리는 할 말을 잃은 채 미친 과학자의 실험실 같은 공간을 가로질렀다.

안쪽에는 캠핑용 간이침대와 이불, 베개 따위가 널려 있었다. 아이들이 입는 작은 사이즈의 옷도 켜켜이 쌓여 있었다. 언니가 데려갔다는 아이들은 보이지 않았다. 벽에는 커다란 화이트보드가 붙어 있었는데, 의미를 알 수 없는 복잡한 수식들이 빼곡하게 적혀 있었다. 한쪽 귀퉁이에 갈겨쓴 '아카식'이라는 단어에 눈길이 갔다. 언니의 방에서 발견한 책에도 알 수 없는 수식이 가득했다.

"이것 좀 보십시오."

데미안이 서가에 꽂혀 있던 파일 하나를 들고 왔다. 표지에 적힌 이름은 유미르. 올빼미가 언급했던 튜너 중 하나였다. 파일에는 유미르라는 어린이를 멀리서 몰래 찍은 듯한 사진과 아이의 신상 정보, 병원 차트 등이 끼워져 있었다. CT 촬영으로 얻은 아이의 뇌 단면도도 보였다.

벽을 따라 길게 이어진 서가에는 이런 파일이 가득했다. 올빼미가 언급한 아이들은 물론이고, 고춘희, 민병천, 민병우 등등……. 표지에 아이들의 이름이 쓰여 있었다.

호동이의 파일에는 보육원 원장이 보여 준 신문 기사가 들어 있었다. 뒷장에 언니의 글씨체로 'Teleportation'이라고 쓰여 있었다.

순간 이동.

나와 데미안은 누가 먼저랄 것도 없이 서로를 바라보았다.

데미안은 언니가 호동이의 초능력에 관심을 가졌을지 모른다고 했다. 그의 가설이 사실이었던 걸까? 호동이가 진짜 초능력자였고, 그래서 언니가 접근한 거라면, 이유는 뭐지? 진짜 금고라도 털려고 했던 건가?

언니는 복부인이나 마찬가지였다. 그 유명한 반포 자이도 갖고 있었다. 내 병원비 때문에 빚더미에 올랐다는 얘기 새빨간 거짓말이 틀림없다. 초능력 어린이를 유괴해서 금고를 털 만큼 절박하게 돈이 필요한 처지는 아니었을 것이다.

호동이는 언니가 보던 책에 나오는 튜너였던 걸까? 언니는 호동이를 연구 대상으로 삼은 건 아닐까? 설마 여기서 머리 뚜껑을 열어서 후쿠하라-베르너 돌기라도 확인하려한 건가?

의혹이 커져 가는 가운데, 구석에 놓인 작은 책상이 눈에 들어왔다. 작은 기계 부품과 드라이버, 납땜할 때 쓰는 인두기 따위가 널려 있었다. 방에 있을 때면 언니는 늘 뭔가를 고치거나 만들었다. 여기서도 마찬가지였나 보다.

책상 위, 잘 보이는 곳에 사진 한 장이 붙어 있었다.

어린 여자애가 환자복을 입은 채 병원 침대에 앉아 있었다. HAPPY BIRTHDAY라고 쓰여 있는 풍선을 손에 든 채. 아이의 표정은 어두웠다. 금방이라도 울음을 터뜨릴 것 같은 표정으로 정면을 보고 있었다.

나는 이 아이를 본 적이 있다.

전복된 차 옆으로 지나가던 새마을호 열차. PMP를 골똘히 들여다보던 여자애.

꿈인지 기억인지 모를, 묘한 환영 속에서 보았다.

"닮았네요."

데미안이 사진을 유심히 들여다보며 말했다.

"홍선영 씨하고 닮았어요."

그런가?

동글동글한 얼굴하며, 가늘고 긴 눈썹이 나하고 비슷하긴 하다.

어디선가 쩌렁쩌렁 전화벨이 울렸다.

갑자기 울려 퍼진 소리에 화들짝 놀라 고개를 돌렸다. 선반 위에 놓인 구식 유선 전화기가 울고 있었다.

어떻게 해야 할지 몰라 데미안을 보니, 받아 보라고 고갯짓을 했다. 나는 천천히 전화기를 향해 다가갔다. 누굴까? 언니가 알고 지내던 사람일까? 올빼미가 의심한 것처럼 언니에게 패거리가 있었던 건지도 모른다.

떨리는 손으로 전화기를 들었다.

"여보세요?"

─거긴 뭐 하러 갔어? 왜 일을 복잡하게 만드느냐고!

잔뜩 골이 난 듯한 시니컬한 목소리. 언니였다.

그동안 겪은 일이 주마등처럼 눈앞을 스쳐 지나갔다. 차곡차곡 쌓인 울화가 목구멍을 타고 솟구쳐 올라왔다.

"어떻게 나한테 이럴 수 있어? 네가 그러고도 인간이야?"

─귀청 떨어지겠네. 왜 소리를 지르고 지랄이야?!

"너야말로 뭔 개지랄인데? 이게 다 뭐냐고!"

─됐고, 너희들 꼬리 밟혔거든?

"뭐라는 거야? 꼬리?"

─올빼미 말야. 너희들 뒤를 졸졸 쫓아다니던데.

올빼미라는 말에 숨이 턱 하고 막혔다.

"그, 그걸 어떻게 아는데?"

─쭉 지켜보고 있었으니까.

주위를 둘러보던 데미안이 천장 귀퉁이를 가리켰다. 작은 카메라가 설치되어 있었다.

─이럴 시간 없어.

머리 위에서 쿵쾅거리는 발소리가 요란하게 들려왔다. 몇 명인지 모르겠지만 한둘이 아닌 것 같다.

─서가 끝에 문이 하나 있을 거야. 거기로 도망쳐. 나갈 때 보일러 꼭 켜고.

"4월에 무슨 보일러?"

ㅡ시키는 대로 좀 해라. 꼭 켜! 무조건!

전화가 끊어졌다.

발소리는 우리가 내려온 계단 쪽으로 이어졌다. 데미안이 권총을 꺼내 들고 우리가 들어온 출입구를 겨눴다.

서가 끝으로 달려가서 문을 찾았다. 보이는 거라곤 하얀 벽뿐이었다. 눈을 부릅뜨고 살펴보니, 문 틈새가 눈에 들어왔다. 벽과 똑같은 색으로 칠해져 있어 알아보지 못한 것이다.

문을 열고 어둡고 비좁은 터널로 들어섰다. 벽에 보일러 콘솔이 붙어 있었다. 이 판국에 보일러를 켜라니. 무슨 이유가 있겠거니 하며 전원 버튼을 눌렀다. 화면에 숫자가 떴다.

30.

현재 온도치고는 너무 높다 싶었는데, 숫자가 하나씩 줄어들었다.

29, 28, 27……

데미안이 나를 터널 저편으로 밀쳐 냈다.

"먼저 가십시오!"

나는 휴대폰 플래시로 앞을 비추며 정신없이 달려갔다. 등 뒤에서 요란한 총성이 울렸다. 겁이 났지만 데미안이 걱정되어 흘끔 뒤돌아보았다. 데미안은 나에게서 등을 돌린 채, 터널 반대편을 향해 총을 쏘고 있었다. 어두운 터널 안에 총구가 내뿜는 불빛이 번득였다.

"데미안!"

"얼른 가요!"

데미안이 고함쳤다.

총도 없고, 있다 한들 쏠 줄도 모른다. 나는 데미안에게 도움이 되기는커녕, 방해만 될 것이다. 그렇게 뇌까리며 앞만 보고 도망쳤다.

잠시 후, 어마어마한 폭발음이 토굴 안에 울려 퍼졌다. 지진이라도 난 것처럼 사방이 흔들렸다. 그제야 깨달았다. 하나씩 줄어들던 숫자는 시한폭탄이 터지기까지 남은 시간이었다는 걸.

흙먼지가 굴 안을 가득 채웠다. 숨을 쉴 수가 없었다. 누군가 내 등을 힘껏 떠밀었다. 데미안이었다. 연신 콜록거리면서도 앞으로 가라고 손짓했다. 나는 먼지를 뚫고 한 걸음, 한 걸음 앞으로 나아갔다.

토굴 끝에는 사다리가 놓여 있었다. 고개를 들어 보니 맨홀 뚜껑 틈새로 새어 들어오는 희미한 빛이 보였다. 데미안이 내 허리를 붙들고 사다리로 올려 보냈다. 난간을 붙들고 끙끙거리며 기어 올라갔다.

절반쯤 갔을까. 아래쪽에서 총성이 울려 퍼졌다. 반사적으로 고개를 숙였다가, 위를 올려다보는 데미안과 눈이 마주쳤다.

"돌아보지 마요. 죽어라 도망쳐요."

말을 마친 데미안이 총을 치켜든 채 토굴 저편으로 사라졌다. 요란한 총성이 이어졌다. 그를 데려가고 싶었지만, 발이 떨어지지 않았다. 어떻게든 여길 빠져나가서 경찰을 부르는 게 최선이다. 그런 생각으로 악착같이 기어 올라갔다. 어깨로 맨홀 뚜껑을 밀었더니 저항 없이 열렸다. 알고 보니 위장된 출입문이었다.

지상으로 고개를 내밀자, 주택가를 지나는 텅 빈 도로가 펼쳐졌다. 위로 기어 올라와 휴대폰을 꺼냈다. 덜덜 떨리는 손으로 112를 두드리고 통화버튼을 누르려는데 요란한 자동차 소리가 귀청을 때렸다.

빨간색 봉고차 한 대가 내 앞에 급정거했다. 문이 벌컥 열리더니, 누군가 내 멱살을 잡고 봉고차 안으로 끌어들였다. 순식간에 벌어진 일이라 저항할 겨를조차 없었다. 마스크를 쓴 남자가 휴대폰을 빼앗아 창밖에 집어 던졌다. 역시 마스크로 얼굴을 가린 여자가 나를 끌어당겨 옆자리에 앉혔다.

"다시 보니 반갑네."

목에 깁스한 올빼미가 나를 보며 눈웃음을 쳤다. 도망치려는 순간 문이 닫혔다. 봉고차가 빠르게 출발했다.

"가자. 네가 있어야 할 곳으로."

올빼미가 당수로 내 관자놀이를 후려쳤다.

15. 종말

　사이드미러에 우리를 쫓아오는 하얀색 스포츠카가 비
췄다.

　속도계는 120킬로미터를 넘어섰다. 언니는 빠르게 달
리는 차들 사이를 요리조리 비집고 나가며 속도를 끌어
올렸다.

　"핵전쟁, 태양 플레어, 지구 온난화, 해수면 상승……
그런 거하고는 차원이 달라. 종말이야. 진짜 완벽한 끝이
라고."

　언니가 미친 사람처럼 중얼거렸다.

　"알았어, 알겠는데 왜 하필 우리냐고? 세상에 사람이
우리뿐이야?"

　"책임이 있으니까 그렇지. 우리한테."

　"뭔 책임? 사고 친 놈은 따로 있다면서? 직접 해결하라

고 해!"

"그 자식은 미쳤어. 제정신 아니라고. 자기가 무슨 짓을 하고 있는지도 몰라."

스포츠카가 부쩍 가까워졌다.

언니는 이를 갈며 룸미러를 살피더니, 다시 방향을 틀어 샛길로 빠져나갔다. 우리는 비탈길을 쏜살같이 달려 내려갔다. 멀리 교차로가 기다리고 있었다.

"제레미 아이즈너는 수단 방법 가리지 않아. 아카식 레코드에 들어갈 수만 있다면."

신호가 빨간불로 바뀌었다. 언니는 멈출 생각이 없어 보였다. 나는 손잡이를 꼭 붙들었다. 미친 건 제레미 아이즈너가 아니라 언니인 것 같다.

"케테르 재단을 만든 것도, 죄 없는 애들을 고문한 것도, 우리 인생을 꼬이게 만든 것도 전부 아카식 레코드 때문이라고!"

우리가 교차로로 뛰어드는 순간, 뒤쫓아 온 하얀색 스포츠카가 꽁무니를 들이받았다.

콰쾅!

눈앞이 핑 돌았다. 차가 팽이처럼 회전했다.

귀청을 찢는 소음.

타이어 타는 냄새가 코를 찔렀다.

언니는 핸들을 돌리고, 브레이크를 밟으며 차를 세우

려 했지만, 탄력이 붙은 팽이는 멈출 줄을 몰랐다.

마침내 차가 멈춰 섰다. 현기증이 밀려왔다. 청룡 열차라도 탄 것처럼 속이 울렁거렸다.

"너 괜찮아?!"

언니가 내 어깨를 붙든 채 물었다.

"괜찮아 보이냐?"

구역질을 참으며 쏘아붙이는데 섬뜩한 기척이 느껴졌다. 눈을 돌려 보니, 창문 너머 버스 한 대가 우릴 향해 달려오고 있었다. 속도를 줄이기에는 너무 늦은 것처럼 보였다.

"안 돼!"

버스가 우리를 들이받았다.

시야가 흔들리며 세상이 180도로 뒤집어졌다. 쇳덩어리가 구겨지고, 부서지고, 찢어지는 살벌한 굉음이 귀청을 때렸다. 중력이 뒤집힌 것처럼 균형감각이 마비됐다.

정신을 차리고 보니 뒤집힌 건 세상이 아니라 우리가 탄 차였다.

16。 감금

드르륵—

귀에 거슬리는 바퀴 소리에 정신이 들었다.

드르륵—

바퀴 소리가 점점 더 크고 선명해졌다. 나는 어디론가 실려 가고 있었다. 좀처럼 눈을 뜰 수가 없었다. 관자놀이가 욱신거렸다. 토할 것처럼 속이 울렁거렸지만, 안에 든 것을 게워 낼 기력조차 없었다.

덜컹거림이 멈췄다. 두런두런 이야기를 나누는 소리가 들렸다. 한국말이 아니라 영어였다.

갑자기 거센 힘이 내 머리채를 휘어잡았다. 차가운 감촉이 두피를 감쌌다. 내 머리에 뭔가를 씌운 것 같다. 어디선가 벌떼가 윙윙거리는 것 같은 괴상한 소리가 들렸다. 그 소리는 바깥이 아니라 내 머릿속 깊은 곳에서부터 울려 퍼지고 있었다.

저절로 눈이 떠졌다. 눈부신 형광등 불빛이 망막을 찔렀다.

마비되었던 시야가 서서히 돌아오면서, 나를 보는 두 남자가 보였다. 하얀 의사 가운을 걸친 백인들이었다. 한 명은 하늘하늘한 히피펌을 한 긴 머리를 늘어뜨리고 있었다. 다른 사람은 머리카락이 한 올도 없었다. 그들은 마네킹을 보듯, 무감한 눈으로 나를 내려다보고 있었다.

"어때?"

히피펌이 대머리를 보며 물었다.

"깨어나고 있는데? 아직 완전하지는 않지만."

"잘됐네. 시간이 오래 걸리지는 않겠어."

나는 두 사람이 무슨 말을 하는지 알아들을 수 있었다. 영어와 담쌓고 살아온 나인데, 어떻게 된 일인지 모르겠다.

내 머리맡에는 작은 모니터가 설치되어 있었는데, 3D로 재현한 누군가의 뇌가 떠 있었다. 어린아이가 색칠 공부라도 한 것처럼 각 부위가 서로 다른 색으로 칠해져 있었다. 백인들은 나와 3D 뇌를 번갈아 살폈다.

그제야 남의 것이 아니라, 내 뇌라는 걸 깨달았다.

"아…… 아우아……."

일부러 배고픈 원숭이 소리를 낸 건 아니다.

여긴 어디죠? 병원인가요? ⋯⋯라고 말하려 했는데, 배고픈 원숭이의 울음소리가 튀어 나왔다. 혀가 마비된 모양이다.

"해 볼까?"

대머리가 제안했다. 히피펌이 불안한 눈으로 되물었다.

"너무 이른 거 아닌가? 죽을 수도 있는데."

"해 보자."

"흠⋯⋯."

"리스크는 늘 있는 거 아냐?"

"알았어."

대머리가 모니터에 뜬 내 뇌의 한가운데를 터치했다. 누가 대못으로 뇌를 푹 쑤신 것처럼, 끔찍한 고통이 머리를 덮쳤다. 난생처음 느껴 보는 신박한 고통이었다. 비명을 지르고 싶었지만, 목이 졸린 것처럼 소리가 나오질 않았다.

"한 번 더."

"⋯⋯."

"다시."

"⋯⋯."

아랫도리가 축축해졌다.

오줌을 지렸는데도 수치심이 느껴지지 않았다. 그만큼 아팠다. 머리가 통째로 터져 버릴 것 같았다.

"이거 봐. 하이 리스크 하이 리턴이라니까."

대머리가 3D 뇌의 중심부에 있는 기관을 가리켰다.

몸을 웅크린 지렁이처럼 생긴 그것은 해마였다.

누가 불판 위에 올려놓은 것처럼, 새빨간 색으로 칠해져 있었다.

"활성도가 많이 올라왔네."

"아까는 왜 그랬던 거지?"

"누가 해마의 혈류량을 억제해 놓은 거야. 봉인을 해 버린 거지."

"무슨 수로? 내가 알기로 이렇게 정교한 기전을 가진 약물은 없는데."

"나노머신 아닐까?"

"수명에 한계가 있잖아."

"주기적으로 투입하면 돼. 바통 터치를 해 주는 거지."

의사들이 두런두런 이야기를 나눴다. 한동안 방치되어 있던 덕분인지, 마비된 머릿속이 서서히 깨어나기 시작했다.

"오늘은 이 정도 하고, 다음에는 뉴런을 좀 봐야겠어."

"보고서는 네 차례지?"

"은근슬쩍 떠넘기려고 한다?"

"안 통하네."

대머리가 내 머리에 씌웠던 것을 벗겨 냈다. 실리콘으

로 만든 수영 모자 같았다. 수십 가닥의 전선이 모자에 덕지덕지 달라붙어 있었다.

히피펌이 벽에 붙어 있는 버튼을 눌렀다. 하얀색 티셔츠를 입은 우락부락한 사내들이 안으로 들어왔다. 가슴팍에 'SECURITY'라고 쓰여 있었다. 그들은 나를 부축해서 침대에서 내렸다.

나는 죽은 오징어처럼 축 늘어진 채 밖으로 끌려 나갔다. 천장, 벽, 바닥, 온통 하얀색으로 뒤덮인 비좁은 복도를 지나 엘리베이터를 탔다. 엘리베이터 버튼에는 층수가 적혀 있기 마련이다. 여기는 아무런 숫자도 쓰여 있지 않았다. 똑같이 생긴 열 개의 버튼이 일렬로 나열되어 있을 뿐.

엘리베이터가 아래로 내려가기 시작했다. 시큐리티 티셔츠를 입은 두 남자는 말이 없었다. 한 명은 까무잡잡한 피부의 히스패닉이었고 다른 한 명은 동양인이었다.

도대체 여긴 어딜까? 이태원? 동두천? 평택?

엘리베이터 문이 열리자 아까 본 것과 같은 하얀색 복도가 펼쳐졌다. 복도를 따라 닫힌 방문이 끝도 없이 이어졌다. 방에는 번호가 붙어 있는데, 시큐리티들은 45라고 쓰여 있는 방 안으로 나를 집어넣었다.

하얀색 시트로 덮인 싱글 침대, 문짝을 떼어 낸 화장실, 창문으로 스며든 햇빛이 방 안을 밝게 비춰 주고 있었다. 영락없는 병실이었다.

시큐리티들은 나를 침대에 눕혀 놓고 밖으로 나갔다.

문이 닫히자마자 철컥, 하고 자물쇠 잠그는 소리가
났다.

머리맡에 곱게 개어진 환자복과 속옷 한 세트가 놓여
있었다. 손가락 까딱할 힘조차 없었지만, 오줌 지린 속옷
을 계속 입고 있을 수는 없었다. 안간힘을 쓰며 옷을 갈
아입고 침대에 드러누웠다.

의사들은 누군가 잠재운 내 해마를 깨워 주려는 것 같
다. 범인이 누군지 알 것 같다. 언니다. 나에게 매일 먹인
정체불명의 약은 아마도 나노머신이었을 것이다. 매일
약을 먹이면서 나노머신들끼리 바통 터치를 시켜 준 거
겠지.

해마는 기억 담당이다. 우리 뇌 전역에 걸쳐 퍼져 있는
기억의 조각들, 인상적인 순간들을 한데 엮어 맥락을 부
여하고, 우리가 과거를 떠올릴 때 머릿속에 펼쳐 보여 준
다. 언니가 내 해마를 건드리지만 않았어도 진즉에 기억
을 되찾았을 것이다.

나에게 뇌는 골칫덩어리일 뿐, 관심의 대상은 아니었
다. 그런데 이런 사실을 어떻게 알고 있는 걸까? 기억을
잃기 전에는 관심이 많았던 걸까?

그러고 보니 약이 떨어진 뒤부터 기억이 되살아나기

시작했다. 내가 본 교통사고의 기억, 미친 사람처럼 제레미 아이즈너와 종말에 대해 떠들던 언니의 모습. 그건 기억이 틀림없다. 전복된 차 옆을 지나던 새마을호와 그 안에 타고 있던 여자애는 뭔지 모르겠지만.

언니의 책상에 붙어 있던 사진 속에, 여자애가 찍혀 있었다. 데미안은 여자애가 나와 닮았다고 했다. 그 여자애는 내가 잃어버린 어린 시절 내 모습일지도 모른다. 언니는 내가 기억을 되찾지 못하게 하려고 약을 먹인 건가? 왜 남의 멀쩡한 해마를 못 잡아먹어서 안달이었던 거지?

두서없이 떠오르는 생각들 때문에 머리가 지끈거렸다.

지금은 과거를 더듬을 때가 아니다. 여기서 벗어날 방법을 궁리해야 한다.

올빼미에게 붙잡혀 왔으니, 이곳은 케테르 재단의 소굴일 것이다. 나는 갇힌 실험 쥐 신세가 된 것 같다. 의사들은 오늘은 여기까지라고 했다. 내일도 같은 고문을 당한다면…… 상상조차 하기 싫다.

시간이 얼마나 지났을까. 시큐리티들이 나를 데리러 왔다. 침대에 모로 누워 부질없는 걱정과 원망을 되풀이하던 참이었다.

데미안은 그 토굴에서 살아 나왔을까? 무사해야 할 텐데. 도대체 언니는 어디 있는 거야? 따지고 보면 이게 다

언니 때문인데…….

　시큐리티들은 나를 엘리베이터에 태우고 맨 밑에 있는
버튼을 눌렀다.

　우리가 도착한 곳은 식당이었다. 넓은 공간에 기다란
철제 테이블 여러 개가 늘어서 있었다. 나처럼 환자복을
걸친 아이들이 드문드문 앉아 있었다. 인종은 다양하나
전부 열 살 전후로 보였다. 다들 비쩍 마른 얼굴, 퀭한 눈
을 한 채 무기력하게 주저앉아 있었다.

　빈자리에 앉으며 주위를 둘러보았다. 여러 대의 감시
카메라. 포위하듯 둘러서서 아이들을 감시하는 시큐리티
들. 엘리베이터를 제외한 출입구는 두 군데였다. 하나는
쪽문이었고, 다른 하나는 위아래로 폭이 넓었는데, 셔터
로 가로막혀 있었다.

　쪽문에서 쟁반을 실은 로봇들이 줄지어 나오더니 각자
흩어져 식판을 배달했다. 유튜브에서 본 적 있는 음식 서
빙 로봇이었다.

　나에게도 로봇이 찾아왔다. 식판은 온통 풀밭이었다.
새싹 채소, 양상추, 양배추, 두부, 견과류……. 드레싱은
뿌려져 있지 않았다.

　영 내키질 않아서 식판을 물리는데 어디선가 쨍그랑,
하는 소리가 울려 퍼졌다.

　"성장기 어린이는 고기를 먹어야 하는데!"

고수머리 남자애가 방방 뛰며 고함을 쳤다. 엎어진 식판에서 쏟아져 나온 풀때기가 테이블 위에 널려 있었다.

"소 새끼도 아니고 삼시세끼 풀, 풀, 풀. 이건 아동 학대인데?"

한국에서 온 것 같은데 말투가 이상했다. 틱톡이나 쇼츠에 돌아다니는 잼민이 영상에서 들어 본 것 같기도 하고.

"너 때문에 쫄쫄 굶게 생겼잖아. 이 호랑 말코 같은 새끼야!"

옆에 앉아 있던 갈래머리 여자애가 분연히 일어나더니, 고수머리의 멱살을 잡아챘다. 자세히 보니, 고수머리가 던진 건 여자애 식판이었다.

"싸우지 마⋯⋯."

살이 포동포동 오른 덩치 큰 남자애가 말리는 척, 고수머리의 식판을 가지고 갔다. 덩치는 풀때기를 허겁지겁 입에 쑤셔 넣었다.

"돼지 새끼야, 그게 목구멍으로 처넘어가니? 이거 완전 자존심도 없는데?"

고수머리가 지랄발광하며 덩치의 뒤통수를 후려쳤다.

완전 금쪽이들 아냐?

나는 모른 척 눈길을 돌렸다. 해외 여행지에서 어글리 코리안을 마주친 기분이다.

"치킨! 돈가스! 탕수육! 피자! 햄버거! 치킨! 돈가스! 탕수육!"

고수머리가 갈래머리를 밀쳐 내더니, 테이블 위로 뛰어올라 구호를 외쳤다. 보다 못한 시큐리티 하나가 고수머리를 번쩍 안아 들고 맨바닥에 패대기쳤다. 짐짝 다루듯 거침없이 내던지는 모습에 등골이 서늘해졌다. 고수머리는 죽은 듯 대자로 뻗어 있었다. 충격으로 일그러진 얼굴. 부릅뜬 두 눈이 멍하니 천장을 올려다보고 있었다. 가슴팍이 고르게 오르내리는 걸 보니 살아 있는 모양이다.

시큐리티가 경고하듯 눈을 부라리고는 자기 자리로 돌아갔다.

아직 앤데.

화가 치밀어 올랐지만 쫓아가서 따지고 들 수는 없었다. 내 코가 석 자니까.

식당에도, 복도에도 창문은 없었다.

방으로 돌아오자마자 창문으로 걸어갔다. 여기가 어딘지 알고 싶었다. 도시인지, 시골인지. 어쩌면 한국이 아닐 수도 있고. 아무튼 어딘지 알아야 도망칠 방법을 찾을 수 있을 것이다.

창문을 여는 순간 푸르른 초원이 눈앞에 펼쳐졌다. 하

늘은 그린 듯한 파란색이었다. 멀리 산등성이가 어슴푸레 이어져 있었다. 문명의 흔적은 찾을 수 없었다. 집도, 사람도 보이지 않았다.

그래도 망망대해에 뜬 섬인 것보단 낫지. 수영은 못해도, 걸어서 도망칠 수는 있을 테니까.

위안거리를 찾고 있는데, 묘한 위화감이 느껴졌다.

바람이 전혀 불지 않았다. 풀 냄새도 맡을 수 없었다. 흔한 새소리조차 들리지 않았다. 뜨끈한 열기가 얼굴 피부로 전해질 뿐.

눈을 가늘게 뜨고 풍경을 살폈다. 깨알 같은 픽셀이 보였다. 수많은 픽셀이 모여 하늘과 초원, 그럴듯한 풍경을 만들어 내고 있었다. 나는 창밖으로 손을 뻗었다. 두껍고 단단하고 뜨겁게 달아오른 스크린이 만져졌다.

몸에서 힘이 쭉 빠져나갔다. 무기력하게 침대에 주저앉았다.

간혔다.

나는 완벽하게 간혀 버렸다.

17。튜너들

실험실과 방, 식당을 몇 차례 오간 끝에 나는 좀비가 되었다. 생기 없는 낯빛, 축 처진 어깨, 무기력한 걸음걸이. 이게 좀비가 아니면 뭐란 말인가?

갈수록 시간 감각이 모호해졌다. 낮인지 밤인지, 잡혀 온 뒤로 며칠이 지난 건지 알 수가 없었다. 내 방 창문을 훤히 밝히고 있는 스크린은 한 번도 꺼지지 않았다. 밤 사진으로 바꿔 줄 만도 한데, 늘 같은 풍경이었다. 나는 끝도 없이 쏟아지는 빛 속에서 선잠이 들었다 깨곤 했다. 푹 자 본 게 언제인지 기억도 나지 않는다.

나를 고문하는 의사들에게 내보내 달라고 하소연했다. 왜 내 해마를 깨우려는 거냐고 물어보기도 했다. 내 발음은 원어민 뺨치는데, 그들은 못 들은 척 자기네끼리만 얘기했다. 나는 고문도 당하고, 왕따도 당하는 이중고에 시달렸다. 딱히 그놈들과 친해지고 싶은 생각은 없었지만.

유일한 소득은 내 해마가 90퍼센트 가까이 기능을 회복했다는 것이다. 의사들은 이제 때가 되었다고 했다.

"Is it time? What are you going to do again?"

유창한 영어로 물었으나 의사들은 못 들은 척했다. 그들은 내 머리에 수영 모자를 씌웠고, 나는 또다시 오줌을 지렸다.

나는 여느 때처럼 식당에 퍼질러 앉아 풀때기를 깨작거리다가 문득 깨달았다. 뇌 건강에 최적화된 식단이라는걸. 호박씨를 비롯한 견과류, 해초, 데친 시금치, 온갖 종류의 콩. 전부 뇌에 영양을 공급하고 기능을 활성화한다.

여기 있는 아이들은 튜너라 불리는 초능력자일 것이다. 케테르 재단은 초능력을 가진 아이들을 납치해 왔고, 언니는 그중 몇몇을 빼돌렸다. 연구 대상으로 삼았거나, 붙잡혀서 고문당하지 않도록 구해 주려 한 것이리라.

아무튼 튜너들에게 뇌에 좋은 음식을 먹이는 이유는 뭘까?

뭐긴 뭐겠어. 초능력 때문이겠지.

후쿠하라-베르너 돌기는 대뇌에 달려 있다. 뇌의 한 기관인 셈이다. 당연히 뇌의 활성도와 초능력 간에 상관관계가 있을 것이다. 어쩌면 뇌를 활성화해, 초능력을 강화하려는 건지도 모른다.

멍하니 생각에 잠겨 있는데, 불쑥 언니의 목소리가 들렸다.

"안테나가 필요해."

◇◇◇◇◇

"통로를 만들려면 안테나가 필요해. 거리도 문제야. 아카식 레코드까지 신호를 보내야 하는데, 차원 간의 거리가 너무 멀어."

우리는 꽉 막힌 도로 한복판에 발이 묶여 있었다. 언니는 운전대를 쥔 채, 초조한 눈으로 룸미러를 흘끔거렸다. 누가 쫓아오는 건 아닌지 확인하면서.

"서울에서 부산 가는 것도 아니고, 차원 간에도 거리 개념이 있어?"

"이해하기 쉽게 표현한 거잖아. 말꼬리 좀 잡지 마라!"

언니가 버럭 신경질을 냈다.

"뭘 이해? 당신이 한 얘기 중에 말이 되는 게 하나도 없는데!"

나도 신경질로는 어디 가서 꿀리지 않는 사람이다.

"아무튼 제레미 아이즈너는 해결책을 찾아냈어. 하모니라고, 뇌파를 증폭하는 장치를 만들었거든. 뇌파가 강해질수록, 신호도 강해지니까."

"그럼 됐네. 뭐가 문제라는 건데?"

"안테나의 뇌파와 하모니가 뿜어내는 파동이 어긋났어."

"그게 종말하고 무슨 상관인데?"

꽉 막혀 있던 도로가 슬슬 풀리기 시작했다. 우리도 조금씩 속도를 냈다. 언니의 표정이 조금 편안해졌다.

"그 여파로 하모니가 폭발했는데, 그때 무슨 일이 일어났어."

"일?"

"뭔지는 정확히 몰라. 난 그때 제정신이 아니었거든. 아무튼 확실한 건, 그 일 때문에 기묘체가 창궐했단 거야."

물질을 아주 작은 단위까지 쪼개면 원자가 된다.

원자는 양성자와 중성자로 구성되어 있고, 양성자와 중성자는 쿼크라는 입자로 이루어져 있다.

위, 아래. 두 종류의 쿼크가 결합해 원자를 이루고, 물질을 존재하게 한다. 그런데 이론상으로 존재하는 쿼크가 한 종류 더 있다. 기묘쿼크다.

기묘쿼크가 모여 만들어진 물질, 기묘체는 전염성이 강하다. 멀쩡한 입자를 자기처럼 기묘체로 만들어 버린다는 뜻이다.

"입자가 기묘체로 바뀌면서 모든 물질을 해체해 버렸어. 심지어 광자(光子)조차도. 지구는 물론이고, 지구를 존재하게 하는 시공간이 서서히 사라지는 거야."

룸미러를 본 언니의 안색이 딱딱하게 굳어 갔다.

"이럴 줄 알았다."

하얀색 스포츠카가 우리를 쫓아오고 있었다.

그때, 누군가 내 팔을 덥석 붙잡았다.

"아주미?"

◇◇◇◇◇

갑자기 끼어든 목소리에 화들짝 놀라 옆을 보니, 고수머리가 내 팔을 흔들고 있었다.

"아주미 혹시 마약중독?"

"뭐?"

"귀신에 홀렸나? 퇴마해야 하는데?"

"얘가 뭐라는 거야?!"

서둘러 고수머리의 손을 떼어 냈다.

"아무도 없는데? 누구랑 얘기하는 건데?"

고수머리의 말에, 멍하니 두리번거렸다. 언니도, 달리는 차도, 우리를 쫓던 하얀색 스포츠카도 사라지고 없었다.

"어머! 한국 사람 맞네?!"

갈래머리가 사뿐사뿐 우리 쪽으로 걸어왔다.

"누나가 이겼지? 내놔."

갈래머리가 손바닥을 내밀었다. 고수머리가 입술을 삐

죽거리며 제 몫의 견과류를 올려놓았다.

"이것들이 사람을 두고 내기를 해?"

"언니! 부끄러운 줄 아세요."

갈래머리가 혀를 찼다.

"우리 한국에서 온 거 알면서 모른 척했잖아요. 그러는 거 아니에요. 같은 백두 혈통끼리."

"백두 혈통? 큰일 날 소리 하지 마!"

"우리가 창피했겠지. 부끄러웠겠지."

고수머리가 이해한다는 듯 내 등을 토닥여 주었다.

느낌이 이상해서 내려다보니, 덩치가 내 식판을 훔쳐 가는 중이었다.

"배고파……."

덩치가 울먹이며 통사정했다.

나는 긴 한숨을 내쉬었다.

"너희는 어쩌다 여기 온 건데?"

"우리는 밥 사 준다고 해서 따라온 건데?"

고수머리의 말에 덩치가 고개를 끄덕였다.

"누가?"

"예쁜 누나가."

"예쁘다고 덜컥 따라가? 그러면 안 돼."

"이해해요, 언니. 집도 절도 없어서 그런지, 애들이 개념이 없어."

갈래머리의 비아냥거림에, 고수머리가 발끈했다.

"지는? 애비가 누군지도 모른 채 창녀 에미 몸 팔러 가면 방구석에 드러누워 아침드라마, 일일드라마, 막장 드라마로 한글 뗀 엠창 인생 주제에?"

잼민이 특유의 잔망스러운 화법에 국힙 한 스푼, 일베 한 방울을 첨가한 현란한 라임에 정신이 아득해졌다.

"내 인생이 엠창이면 네 인생은 좆창이야! 불알을 튀겨 죽일 놈아!"

갈래머리가 눈을 까뒤집고 고수머리의 목을 졸랐다. 나는 기겁을 하며 아이들을 떼어 놓았다. 시큐리티들이 도끼눈을 뜨고 보고 있는데 분위기가 심상치 않았다.

"싸우지 마……."

덩치가 호두를 우물거리며 말했다.

"야! 남의 부모 건드리는 거 아냐! 넌 말로 해! 말로!"

아이들을 진정시키며 이름을 물었다. 갈래머리는 고춘희, 고수머리는 민병천, 덩치는 민병우. 병천과 병우는 형제였다. 언니의 은신처에 발견한 파일에서 아이들의 이름을 본 기억이 났다.

"너희도 튜너야?"

"그게 뭔데? 참치?"

병천이 머리를 벅벅 긁으며 물었다.

"차암치이? 배고파……."

병우가 반색하며 나에게 달라붙었다.

"참치는 없고, 너희 무슨 초능력 같은 거 있냐고."

"그럼요! 여기 돼지 새끼는 벽 뒤에 뭐가 있는지 보인대요. 엑스레이처럼. 귀두 컷은 텔레폰 능력자고."

"그런 말은 어디서 배웠어? 그냥 바가지 머리라고 해."

기겁을 하고 있는데, 증강현실 기기를 쓴 것처럼, 눈앞에 카카오톡을 닮은 채팅창이 떡하니 나타났다.

"뭐…… 뭐야, 이거?"

"텔톡인데."

병천이 말했다.

"텔톡?"

"텔레파시 플러스 카카오톡이래요, 언니."

춘희가 한심하다는 듯, 피식거렸다.

병천은 텔레폰이 아니라, 텔레파시 능력자인가 보다. 왜 카카오톡처럼 소통하는 건지는 모르겠지만. 텔톡창에 큼지막한 똥 사진이 떴다. 보낸 사람 이름은 병천. 변기가 가득 찰 만큼 싸질러 놨다.

"더러워 죽겠네. 당장 치워!"

버럭 소리치자, 눈앞에서 텔톡창이 사라졌다. 병천이 배를 잡고 낄낄거렸다.

"언니, 나는 얘들하고 차원이 달라요."

춘희가 식탁 위에 새싹 채소 한 잎을 내려놓더니 뚫어져라 노려보았다.

"잘 봐요. 뾰로롱!"

순간, 채소 잎이 움찔하며 흔들렸다.

"뾰로롱!"

이번에는 누가 손가락으로 툭 건드린 것처럼 옆으로 살짝 움직였다.

"훗. 대단하죠?"

"어떻게 한 거야?"

"타고난 재수랄까?"

춘희가 으스댔다.

"재수가 아니고 재주겠지……."

"이따위 재주로 뭘 할 수 있는데?"

심술 난 병천이 입술을 삐죽거렸다.

"하여튼 생각이 짧아. 그래서 우릴 데려온 거잖아. 능력을 개발시켜 주려고."

춘희가 눈을 빛내며 말을 이었다.

"언니, 내 생각에 여기는 아카펠라인 것 같아요."

"아카펠라?!"

"학교 말이에요. 초능력 히어로 키우는 학교!"

아카데미겠지…….

지적할 기력도 없어서 가만히 고개를 끄덕였다.

"개소리 작작 좀! 딱 보면 모르나? 여긴 도살장! 우리는 개돼지!"

병천이 바락바락 악을 썼다.

"도살장은 또 뭔 소린데?"

"아주미도 들어 봤을 텐데? 통나무 장사."

나는 고개를 갸웃했다.

"하아……. 나이는 똥구멍으로 먹었는데? 통나무도 모르나?"

병천이 고개를 설레설레 저었다.

"우리가 여기 들어올 때만 해도 애들 빠글빠글했는데. 하나둘 사라지던데? 어디 갔을까? 어디는 어디야, 요단강 건넜겠지."

듬성듬성 앉아 있는 아이들을 세어 보았다. 전부 열네 명이었다. 원래는 이것보다 많았다는 건가? 그러고 보니 내가 갇힌 방은 45번이다. 복도를 따라 방이 50번까지 늘어서 있다.

"귀 막아요, 언니. 저 씨부럴 놈은 항상 저렇게 부정적이야. 혼이 비정상이라니까."

춘희가 인상을 찌푸렸다.

"너는 뚝배기가 비정상인데? 실컷 굴려 먹다가 죽을 때되면 간이고 쓸개고 다 팔아먹고 버리는 건데? 안 봐도 유튜브인데?"

그제야 통나무가 무슨 뜻인지 알 것 같았다.

언젠가 인터넷에서 본 적이 있다. 밀매업자들에게 장기를 적출당하고 버려진 시체를 통나무라고 부른다는 걸.

18。스트리밍

나는 처음 보는 낯선 방으로 끌려갔다. 침대도, 괴상한 의료기기도, 내 머리에 씌우는 전선 달린 수영 모자도 없었다. 낡고 커다란 브라운관 텔레비전과 1인용 소파가 전부였다.

의사들은 언제나처럼 자기네들끼리만 이야기를 나누었다. 또 무슨 고문이 나를 기다리고 있을까. 상상만으로도 오금이 저려 온다.

아니나 다를까, 히피펌이 전선이 주렁주렁 달린 금속 재질의 띠를 내 머리에 씌웠다. 대머리는 이어폰을 가져와 내 양쪽 귀에 찔러 넣었다. 일을 마친 의사들은 나를 내버려두고 밖으로 나갔다. 전기의자에 앉은 사형수처럼 온몸을 달달 떨고 있는데, 이어폰에서 낯선 여자 목소리가 들렸다.

—눈을 감으세요.

　명상 지도사처럼 차분하고, 고요한 말투였다.

　—머릿속을 비우고 숨을 깊이 들이마셔요. 하나, 둘, 셋, 넷…….

　갑자기 웬 명상? 머릿속을 비우면 고통이 더 잘 느껴지나?

　—딴생각하지 마시고, 숨을 천천히 내쉬어요. 하나, 둘, 셋, 넷, 다섯…….

　어떻게 알았을까? 화들짝 놀라서 생각을 멈추고 시키는 대로 했다. 들이마시고, 내쉬고. 들이마시고, 내쉬고. 긴장으로 굳어진 근육이 서서히 풀어졌다.

　—이제 눈앞에 하얀 점이 나타납니다.

　어둠 속에서 반딧불처럼 하얗고 희미한 빛이 일렁였다.

　—움직이는 점을 따라 천천히 눈동자를 움직여 보세요.

　점이 느릿느릿 왼쪽으로 움직이기 시작했다. 왼쪽 끝까지 이동한 점은 다시 느릿느릿하게 오른쪽으로 갔다. 그러고는 위로 올라갔고, 아래로 내려갔다. 눈동자를 굴려 점을 좇았다.

　—점을 놓치지 말고 집중하세요.

　점의 속도가 서서히 빨라졌다. 어둠 속에 점이 지나가면서 남긴 하얀 궤적이 그어졌다. 가로, 세로, 사선으로. 하얀 점은 하얀 선을 남겼고 하얀 선은 끝도 없이 그어지며 시야를 하얗게 채웠다. 점을 좇다 보니 눈알이 빠질 듯 아팠다.

눈에서 힘이 풀리는 순간, 누군가 내뿜은 거친 숨결이 얼굴에 닿았다.

◇◇◇◇◇

비좁은 골목 안. 우리는 서로를 마주 보며 서 있었다. 언니의 숨결이 느껴질 만큼 가까운 거리였다.

내가 입을 열려고 하자, 언니가 조용히 하라는 눈짓을 보냈다. 야구 모자를 눌러쓴 남자가 빠른 걸음으로 골목을 스쳐 지나갔다. 우리는 그의 발소리가 멀어질 때까지 숨을 죽인 채 아무 말도 하지 않았다.

언니는 남자가 멀어진 뒤에야 나를 데리고 골목을 벗어났다.

우리는 미로처럼 이어진 골목을 빠져나와 번화가로 들어섰다. 나들이를 나온 가족, 커플, 친구들. 다들 행복하고 평화로워 보였다. 다급한 사람은 우리 둘뿐이었다.

"그러니까…… 2028년에서 왔다고?"

"그래."

언니가 대수롭지 않은 듯 말했다. 산은 산이고, 물은 물이라는 듯.

"나 참. 무슨 터미네이터도 아니고."

"존 코너겠지. 정확히 말하면."

"환장하겠네."

"내 말이."

언니는 횡단보도를 건너, 비상 깜빡이를 켠 승용차로 걸어갔다.

"뭐 해? 타."

"어디 가는데?"

"그냥 좀 타. 토 달지 말고."

"까먹었나 본데 우리 오늘 처음 만났거든? 당신이 누 군 줄 알고 타?"

"방금 말했잖아. 존 코너라니까?"

기가 차서 할 말을 잃었다.

"아까 그 새끼, 우리를 쫓아올 거야. 잠깐 시간을 번 것 뿐이라고."

언니가 윽박질렀다. 나는 하는 수 없이 조수석에 올랐 다.

"그래서 여긴 어떻게 온 건데? 타임머신이라도 타고 왔어?"

"그럼 기차 타고 왔겠냐?"

"타임머신은 누가 만들었는데?"

"내가."

언니가 당연하다는 듯 말했다.

"2028년이면 몇 년 남지도 않았구먼. 기술이 그렇게 발전했다고?"

"필요한 기술은 지금도 있어. 케테르 재단에. 나는 그걸 훔치고, 합치고, 약간 다듬은 것뿐이야."

"잘 차려진 밥상에 숟가락만 얹으셨다? 온 김에 노벨상 하나 가져가지 그래. 아니다. 그냥 타임머신 타고 과거로 가서 제레미 아이즈너를 죽여 버리면 되잖아?"

"아카식 레코드에 들어가려는 미친놈이 걔 하나뿐인 줄 아냐?"

언니가 혀를 차며 차를 출발시켰다.

"제레미 아이즈너 뒤에는 투자자들이 있어. 그 자식들은 아주 긴 세월 동안 아카식 레코드에 들어갈 방법을 찾았다고. 제레미 아이즈너가 죽으면 다른 투자처를 찾겠지."

"걍 싸그리 죽여 버려. 그럼 되겠네."

"기계에 한계가 있어. 급하게 만든 데다, 에너지 효율도 문제가 있고. 까마득하게 먼 과거로 갈 수는 없다고. 그래서 여기 온 거야."

"왜 여긴데? 왜 나냐고?!"

"아까 실컷 떠들었잖아. 딴생각했냐?"

"지가 개떡같이 얘기해 놓고선, 나보고는 찰떡같이 알아들으라고?"

"네가 필요해. 아카식 레코드로 들어가려면 네가 꼭 있어야 된다니까?"

언니는 차들이 서행 중인 도로를 지나 방향을 틀었다. 차들로 꽉 막힌 도로가 펼쳐졌다. 언니의 입에서 답답한 한숨이 흘러나왔다.

"이래 가지고 아카식 레코드에 갈 수 있겠어? 도착하기도 전에 늙어 죽겠네."

"지금 무슨 서울에서 부산 가냐? 그리고 우리 아카식 레코드 가는 거 아냐. 그 전에 들를 데가 있어."

언니가 짜증 섞인 목소리로 대꾸했다.

"어디?"

"과거."

아카식 레코드, 세상의 종말, 타임머신도 모자라서 아예 나를 과거로 데려가겠다고?

"과거…… 서울에서 부산 가는 것처럼 얘기하네."

"우리는 네가 처음 스트리밍한 날로 돌아갈 거야."

언니가 진지한 목소리로 말했다.

◇◇◇◇◇

정신을 차려 보니, 꺼져 있던 텔레비전에 몇 초 후 내가 보게 될 장면이 흘러나오고 있었다. 문을 열고 대머리와 히피펌이 안으로 들어왔고, 나를 보며 뭐라고 대화를 나누었다.

몇 초 뒤, 내가 본 장면이 고스란히 재연되었다.

"스트리밍을 보는 건 처음인데?"

히피펌은 잔뜩 신이 나 있었다. 대머리의 얼굴에도 화색이 돌았다. 그들이 내 해마를 복구시킨 건, 내 능력을 확인하기 위해서였나 보다. 능력과 해마 간에 무슨 관련이 있나?

오늘따라 영상은 쉽사리 사라지지 않았다. 형광등이 불안하게 깜빡거리기 시작했다. 신나게 떠들던 의사들이 입을 꾹 다물고 형광등을 올려다보았다. 텔레비전이 꺼지면서 형광등도 정상으로 돌아왔다. 의사들은 서로를 보며 무언의 대화를 나누었다.

식사는 하는 둥 마는 둥 하면서 되살아난 기억을 떠올렸다. 아이들은 평소와 달리 꿀 먹은 벙어리처럼 조용했다. 병천과 춘희는 병든 닭처럼 테이블에 고개를 처박고 있었다. 병우도 먹을 것을 앞에 둔 채 꾸벅꾸벅 졸고 있었다.

좀비 같은 아이들 사이에서, 그나마 팔팔했던 세 아이였다. 무슨 일이 있었냐고 물어보자, 병천이 다 죽어 가는 목소리로 대답했다.

"진짜로 하는데……."

"뭘?"

"아동학대……."

퍼뜩 정신이 들었다.

세 아이는 내가 당했던 것처럼 수영 모자를 쓰고 모진 고문을 당했다. 아이들은 엄청나게 아팠다는 말만 되풀이했다.

시기가 늦었을 뿐, 세 아이도 다른 애들이 겪은 절차를 고스란히 밟아 나가는 것 같았다. 병천의 말대로 이용 가치가 떨어지면 어디론가 끌려가 끔찍한 일을 당하게 될지 모른다.

나는 어떻게 될까?

언니의 말에 따르면, 나는 아카식 레코드로 들어가기 위해 꼭 필요한 존재다.

안테나.

아카식 레코드로 신호를 보낼 수 있는 능력자.

케테르 재단은 날 고문할지언정 죽이지는 않을 것이다. 하지만 아이들은 언제든 제거할 수 있을 것이다.

여기서 데리고 나가야 해.

불쑥, 그런 생각이 들었지만 어떻게 나가야 할지 답이 보이지 않았다.

쉿소리와 함께 셔터가 올라갔다. 짐칸을 단 무인 카트

가 안으로 들어왔다. 작은 트럭 한 대만 한 크기였다. 쪽문이 열리고, 시큐리티들이 빵빵하게 속을 채운 쓰레기봉투를 들고나왔다. 작업은 일사불란하게 이루어졌다. 쓰레기봉투가 짐칸을 가득 채웠다.

볼일을 마친 전동카트는 온 길을 거슬러 식당을 빠져나갔다.

나는 멀어지는 전동카트를 지그시 바라보았다.

셔터가 닫힐 때까지 눈을 떼지 않았다.

19。4번 칸

지금까지 발견된 객차는 모두 세 칸이다.

과테말라의 마야 유적 발굴 현장에서 발견된 13번 칸.

제주도 서귀포 연안에서 발견된 6번 칸.

스위스 알프스 산맥에서 발견된 2번 칸.

객차의 상태도, 탑승객 시신이 부패된 정도도 전부 제각각이었다. 연대 측정 결과 수백 년간 방치된 것으로 밝혀진 객차도 있었고, 방금 운행을 마친 것처럼 멀쩡한 것도 있었다.

그리고 오늘 아침, 한 칸이 추가되었다.

2층짜리 단독주택이 늘어선 교토 미나미구의 한적한 거리. 4번 칸이 도로를 가로막으며 수직으로 서 있었다. 차체의 절반은 콘크리트 도로 아래에 처박혀 있었다. 누군가 위에서 내리꽂은 것처럼.

데미안은 멀찌감치 서서 현장을 조사하는 경찰관들을 지켜보았다.

4번 칸 앞에는 차 안에서 수거한 시신들이 오와 열을 맞춰 늘어서 있었다. 상태는 제각각이었다. 백골만 남아 있거나, 반쯤 썩었거나, 이제 막 숨을 거둔 것처럼 멀쩡하거나.

발견된 시신은 열두 구. 4번 칸에 타고 있던 승객은 서른한 명이었다. 나머지는 어디로 사라졌는지 알 수 없었다. 왜 머나먼 교토에서 발견됐는지도 의문이다.

지역 주민들 말로는 어젯밤까지만 해도 도로에는 아무것도 없었다. 이른 아침, 개를 데리고 산책 나온 노파가 4번 칸을 발견, 경찰에 신고했다. 먼저 발견된 객차 세 칸과 달리 상태가 양호해서, 금세 070 열차라는 걸 확인할 수 있었다.

"백골이라도 뼈의 발달 상태를 토대로 나이를 추정할 수 있다더군. 젊은 여자 시체는 없대. 열 살 전후의 어린애도."

미스터 클락이 졸린 눈을 하고 곁으로 다가왔다. 손에 든 일회용 잔에서 은은한 커피 냄새가 풍겼다.

데미안이 커피잔을 빼앗아 한 모금 들이켰다. 잠깐이나마 정신이 들었다. 일본에 도착한 건 오늘 새벽이었다. 어중간한 시간이어서 한숨도 못 자고 현장에 나온 길이다.

은희는 4번 칸 11C, 11D 두 좌석을 샀다. 한국 경찰은 070 열차가 통과한 역의 감시 카메라 녹화 영상을 샅샅이 뒤졌고, 은희와 호동이 내리는 모습은 발견하지 못했다. 그러니까 은희는 070 열차가 옥천을 지나던 중, 사라질 때까지 열차 안에 있었던 것이다.

올빼미가 선영에게 보여 준 블랙박스 영상 속, 은희는 그저 놀라울 정도로 닮은 사람이었을 것이다. 그래야 말이 된다. 하지만 070 열차에서 발견된 시신 중에 젊은 여자는 없었다.

"블랙박스에 찍힌 그 여자……. 진짜 홍은희였던 건가……."

데미안이 중얼거렸다.

홍은희, 홍선영. 자매와 전생에 무슨 악연이라도 있었던 건지. 죽어라 찾아다니는데 가까워지기는커녕, 둘 다 멀어지기만 하는 것 같다.

토굴 밖으로 빠져나왔을 때, 선영은 사라지고 없었다.

데미안은 빨간색 봉고차가 선영을 납치했다는 사실을 알아냈다. 목격자가 있었다. 봉고차는 인천으로 향하던 중 홀연히 사라졌고 얼마 후 인적 드문 공터에서 불에 탄 채로 발견되었다. 안에는 아무도 없었다.

"홍은희는 모르겠지만, 홍선영은 시설에 있을 거야."

클락이 말했다. 데미안도 같은 생각이었다.

시설이 존재한다는 사실이 드러난 건 2년 전이다.

겁도 없이 조직의 돈을 빼돌린 케테르 재단의 간부가 있었다. 조직의 제거 대상이 된 그는 살기 위해 CIA 쪽으로 붙었다. 재단에 대한 정보를 제공하는 대가로 신변 보호를 요청했다.

간부는 튜너라 불리는 초능력자들을 수용하고, 연구하는 비밀 시설이 있다고 했다. 어디에 있는지, 그 안에서 무슨 일이 벌어지는지는 간부도 몰랐다. CIA는 정보를 더 캐내려 했지만, 그는 안전 가옥에서 시체로 발견되었다. 누군가 삼엄한 감시망을 뚫고 들어와 간부를 해치운 뒤, 흔적도 없이 사라진 것이다. 데미안이 아는 한 그럴 수 있는 건 그림자뿐이었다.

"너는 할 수 있는 모든 걸 했어. 정보망을 총동원했고, 뒤질 수 있는 곳은 다 뒤져 봤잖아. 이쯤 하고 임무로 복귀하지 그래?"

클락은 조심스럽게 말을 건넸지만, 데미안의 귀에는 클라이언트의 명령으로 들렸다.

"위에서 철수시키래?"

"그 여자가 단서였는데 사라져 버렸잖아. 다른 기회를 찾아봐야지."

"다른 기회 같은 건 없어. 그 여자를 찾으면, 시설을 찾을 수 있어. 케테르 재단에 대해서 많은 걸 알게 되겠지."

클락은 영 마음에 들지 않는 눈치였다.

"조금만 시간을 줘."

"무슨 수라도 있어?"

"수는 언제나 가지고 있지."

데미안이 자신만만하게 대답했다.

무슨 수가 있을 리가.

데미안은 마른세수하며 엘리베이터에 올랐다.

선영을 어디서 어떻게 찾아야 할지, 데미안도 알 수 없었다. 옛날 한국식 속담을 빌리자면 백사장에서 바늘 찾기다. 그렇다고 포기할 수는 없었다. 눈앞에서 선영을 놓쳤다. 그것도 두 번씩이나. 그녀에게 무슨 일이 생기면, 그건 데미안 탓이다.

잘못된 판단으로 부하들을 잃은 후, 데미안은 무슨 일이든 자기 탓을 했다. 이번엔 달랐다. 선영과 함께한 시간은 며칠에 불과하지만, 데미안에게는 각별한 시간으로 느껴졌다. 누군가에게 군에서 있었던 일을 털어놓은 건 처음이다. 어쩐지 그녀에게는 말해도 될 것 같았다. 함께 있으면 마음이 편안했으니까.

짧은 모험을 함께한 것뿐인데도 동지애가 쌓인 걸까. 그 이상의 감정이 생긴 건지도 모른다. 데미안의 머릿속에는 사다리 위에서 그를 내려다보던 선영의 얼굴이 잔상처럼 남았다. 하얗게 질린 얼굴. 근심이 가득한 눈동자. 그녀가 무사한지 확인해야, 잔상이 사라질 것 같다.

엘리베이터에서 내려 카펫이 깔린 호텔 복도를 지났다. 묵고 있는 방으로 걸어가는데, 방문이 살짝 열려 있었다.

재킷 안주머니로 손을 넣어 권총 손잡이를 쥐었다. 차가운 감촉이 손아귀에 번졌다. 발소리를 죽여 문으로 접근했다. 이럴 때를 대비해 복도에 카펫이 깔린 호텔을 선택했다. 부드러운 천이 발소리를 감춰 주었다. 데미안은 문틈으로 새어 나오는 소리에 귀를 기울였다. 뉴스 소리가 들렸다. 말소리는 들리지 않았다. 몇 놈이 침입한 건지 알 수 없었다.

모험을 해 보는 수밖에.

방 안으로 뛰어들며 권총을 치켜들었다. 웬 여자가 침대 위에 드러누워 텔레비전을 보고 있었다. 화면에는 방금 데미안이 다녀간 교토의 주택가가 떠 있었다. 우뚝 선 4번 칸이 보였다.

"총 내려요. 누가 잡아먹나?"

여자가 퉁명스럽게 말했다.

"홍은희?"

데미안이 가만히 은희를 겨눴다. 무슨 속셈인지 알 수

없었다.

"내리라니까. 내가 무슨 오사마 빈라덴인가?"

"다를 것도 없습니다. 전부 당신을 찾고 있다는 점에서."

"당신은요?"

은희가 빤히 쳐다보며 물었다.

"나를 찾고 있었나요? 아니면 동생?"

"둘 답니다."

"하나는 제 발로 나타났고. 선영이만 찾으면 되겠네."

은희의 천연덕스러운 대꾸에, 데미안은 전의를 상실하고 총을 내렸다.

"동생이 어디 있는지 알고 있습니까?"

"알아낼 방법이 있어요."

20. 안테나

의사들은 나를 안테나라고 부르기 시작했다.

내 뇌에 달린 후쿠하라-베르너 돌기는 아카식 레코드가 보내는 신호를 수신할 수 있다. 정확히 말하면, 아카식 레코드는 고유한 파동을 내뿜고 있고, 나는 그것을 라디오 주파수를 수신하듯 받아들이는 것이다.

내가 다른 튜너들과 달리 안테나라 불리는 이유는, 신호를 보낼 수도 있기 때문이다.

아카식 레코드는 우주의 과거와 현재, 미래를 모두 기억하고 있다. 아카식 레코드가 내뿜는 파동 속에는 그 정보가 고스란히 담겨 있고, 나는 그 정보를 신호로 변환해 텔레비전, 내비게이션, 휴대폰 등등으로 쏘아 보낸다. 물론 내 의지와는 상관없는, 부지불식간에 벌어지는 일이다. 지금까지는 그랬다.

명상 지도사는 내가 원할 때, 원하는 곳에 신호를 보내는 방법을 알려 주었다.

우선 내면의 소리에 귀를 기울여야 한다. 모스 부호처럼, 일정한 박자로 이어지는 신호를 감지한 뒤, 그 신호를 똘똘 뭉쳐 공으로 만든다고 상상한다. 그런 다음 원하는 디스플레이를 향해 던진다고 상상하는 거다. 캐치볼 하듯이.

그렇게 스트리밍에 성공하면 종종 형광등이 깜빡거리거나, 텔레비전이 퍽! 하고 꺼졌다 켜졌거나, 오작동을 일으키며 다른 곳으로 채널이 돌아가곤 했다. 의사들의 휴대폰이나 태블릿 PC가 먹통이 되는 경우도 있었다. 덕분에 스트리밍을 할 때 내 머리에서 강한 전자기파가 발생한다는 사실을 알게 됐다. 전자기파가 건물 안의 전력 공급에 영향을 미치는 게 분명하다. 전기기술자도 아닌데 자연스레 그런 결론에 도달하게 된 걸 보면, 기억을 잃기 전에 이런 현상에 대해 잘 알고 있었는지도 모르겠다.

몇 번의 스트리밍 훈련을 거친 후, 나는 넓은 원형 공간으로 보내졌다. 한가운데에는 유리로 만들어진 반구형 구조물이 자리 잡고 있었고, 안에는 리클라이너와 전선이 주렁주렁 달린 직사각형 모양의 전자기기가 놓여 있었다.

반구형 구조물 주변에 늘어서 있던 의사들이 일제히 고개를 돌려 나를 바라보았다. 따가운 시선을 한 몸에 받으며 반구형 구조물 안으로 끌려갔다. 대머리는 나를 리클라이너에 앉혔고, 등받이를 펴 주었다. 히피펌이 전선 달린 수영 모자를 가져와 내 머리에 씌우고 귀에 이어폰을 찔러 넣었다. 한동안 스트리밍이나 하면서 꿀 빨았는데, 느닷없이 고문당하던 시절로 돌아간 것 같다. 심지어 이번엔 공개 고문이다. 유리 벽 너머 수많은 의사들이 눈동자를 반짝이며 나를 쳐다보고 있었다. 푸바오가 된 기분이다. 푸바오는 사랑이라도 받지…… 나는…….

─편하게 누우세요.

명상 지도사가 말했다.

─천장을 보세요.

유리로 된 천장에 누워 있는 내 모습이 흐릿하게 비쳤다.

─스트리밍을 시작하세요.

어디다가?

하마터면 소리 내어 물어볼 뻔했다.

─거울, 매끄러운 표면을 가진 금속, 때로는 잔잔한 수면 위에도 스트리밍할 수 있습니다. 정반사가 가능한

물체, 상대를 비출 수 있는 곳이라면 어디든 가능합니다.

명상 지도사가 친절하게 설명해 주었다.

시키는 대로 스트리밍을 시작했다. 천장에 흐릿하게 상이 맺혔지만, 뭔지 알아볼 수는 없었다. 기껏해야 몇 초 뒤에 내가 보게 될 광경일 테니, 그냥 투명한 유리 천장이겠지 뭐. 형광등이 간헐적으로 깜빡거렸다. 이어폰 사이로 사람들이 웅성거리는 소리가 새어 들어왔다.

—버튼 두 개를 상상해 보세요. 왼쪽 버튼은 볼륨 다운. 오른쪽 버튼은 볼륨 업.

명상 지도사의 말에 머릿속으로 버튼을 떠올렸다.

—지금부터 볼륨을 천천히 내립니다. 하나, 둘, 셋, 넷…….

그대로 따라 했더니 깜빡거림이 눈에 띄게 줄어들었다.

—이젠 볼륨을 다시 올려 봅니다. 하나, 둘, 셋, 넷…….

형광등이 다시 깜빡거리기 시작했다.

—멈추지 말고 계속 올리세요.

명상 지도사는 내가 전자기파를 제어할 수 있는지 없는지 체크하고 있는 것 같았다.

전자기파를 최대한 방출하면 어떻게 될까?

볼륨을 끝까지 올리는 상상을 했다.

형광등이 실성한 것처럼 깜빡거리더니, 불현듯 픽! 소리를 내며 꺼져 버렸다.

◇◇◇◇◇

"너는 네 뇌를 연구해 왔어."

언니가 나를 보며 입을 열었다.

"네가 발표한 논문들, 제레미 아이즈너도 봤어. 그래서 너한테 관심을 가지게 된 거고."

"아까부터 자꾸 엉뚱한 소리 하는데, 그 양반은 옛날 사람이잖아. 학계에서 떠난 지가 언젠데……."

"쫓겨난 거지. 정확히 말하면."

우리는 사람들로 북적이는 카페에 앉아 있었다. 오후의 따스한 햇볕이 테이블 위에 드리워졌다.

"제레미 아이즈너는 다른 사람 목숨 따위는 관심이 없었어. 널 속이고, 이용해 먹을 생각뿐이었지."

"내 능력……?"

나는 농담으로라도 내가 미래를 본다는 사실을 말한 적이 없다. 논문에도 한 줄도 쓰지 않았다. 미친 사람 취급할 게 뻔하니까.

"넌 평생 죄책감에 시달려 왔을 거야."

언니가 내 속을 꿰뚫어 본 듯 말했다.

"막을 수 있었다고. 내가 조금만 더 똑똑하게 굴었다면 아무도 죽지 않았을 거라고."

"당신이 뭘 안다고?"

잔을 든 손이 파르르 떨렸다. 언니는 아랑곳 않고 말

을 이었다.

"그래서 네 능력을 연구하는 거잖아. 더 먼 미래를 보려고. 무의미한 죽음을 막으려고."

"당신 정체가 뭐야?"

빈 잔을 거칠게 내려놓았다.

뭔가 말하려던 언니가 입을 다물었다.

그녀의 시선은 내 어깨 너머를 향하고 있었다. 돌아보니 야구 모자를 눌러쓰고 점퍼를 걸친 남자가 혼자 앉아 있었다. 그는 물끄러미 두 손으로 감싸 쥔 찻잔을 내려다보고 있었다.

"나가서 얘기하자."

언니가 자리에서 일어섰다.

"내 질문에 대답이나 해."

"내가 누군지 꼭 알아야겠어?"

언니가 난감해하며 물었다.

"당신은 누구고, 왜 날 찾아온 건지 말하기 전에는 여기서 한 걸음도 못 움직여."

내가 으름장을 놓자, 언니가 하는 수 없다는 듯 입을 열었다.

"너야."

"뭐?"

"너라고. 미래에서 온 너."

◇◇◇◇◇

언니의 목소리가 귓가에 메아리쳤다.

눈을 떠 보니 침대 위였다. 창문 너머 스크린이 뿜어내는 가짜 햇빛이 망막을 찔렀다. 나는 햇빛을 피해 돌아누웠다.

언니가…… 나였다고?

홀연히 떠오른 기억을 어디까지 믿어야 할지, 갈피를 잡을 수가 없었다. 언니와 나는 꽤 닮긴 했지만, 인상이 많이 다르다. 턱선도, 눈썹도. 그런데 나라고? 같은 사람이라고?

믿을 수 없는 얘기였다. 그러나 언니의 목소리는 진지했다.

나와 아무런 상관없는 남남인 것보다는 나은 거 같기도 하고.

하지만 나 자신과 자매로 지내는 것도 정상은 아니지 않나?

머릿속이 뒤죽박죽이다.

아이들은 오늘도 기운이 없어 보였다.

춘희는 연신 코피를 흘렸다. 시큐리티들에게 휴지를 가져다 달라고 부탁했지만, 다들 장승처럼 서 있기만 했다. 하는 수 없이 피가 멎을 때까지 내 환자복 소맷자락으로 코를 막고 있었다.

"여기서 나가고 싶지 않아?"

"어떻게? 벽 뚫고? 땅 파고? 날아갈까?"

병천이 무기력한 와중에도 악착같이 비아냥거렸다.

"방법 있으면? 나갈래?"

"나가도 갈 데가 없는데?"

"여기보단 낫지 않겠어? 어디로 가든."

"언니도 참. 쓸데없는 소리 하지 마요."

듣고 있던 춘희가 손사래를 쳤다.

"너 엄마하고 같이 살았다면서. 엄마 안 보고 싶어?"

"말도 마요. 엄마랑 살 때는 삼시세끼 육개장 사발면만 먹었다고요. 집안일도 내가 다 하고. 거기에 비하면 여기는 천국 아닌가?"

춘희가 미소를 머금으며 말했다.

"얼마나 좋아요? 재워 주고, 먹여 주고, 심지어 삼시세끼 다이하드 식단인데."

"다이어트야······."

웃고 있는 춘희를 보고 있자니, 가슴이 미어졌다.

21。 하모니

시큐리티가 맨 위쪽에 있는 버튼을 눌렀다. 엘리베이터는 한참 올라간 끝에 목적지에 도착했다.

문이 열리자 딴 세상이 펼쳐졌다. 황갈색 나무로 만들어진 벽. 푹신한 카펫이 깔려 있는 바닥. 비싸 보이는 가죽 소파. 티 테이블 위에는 김이 모락모락 피어오르는 머그잔이 놓여 있었다. 벽에 설치된 난로 안에선 장작불이 타닥거리며 타올랐다. 북유럽 어느 산골짜기에 있는 오두막에 들어온 기분이었다.

백발이 성성한 초로의 신사가 안락의자에 앉아 흔들거리고 있었다. 그의 눈앞에는 홀로그램으로 구현된 누군가의 뇌가 떠 있었다. 컬러링 북에서 떼어 낸 것처럼 부위별로 색깔이 달랐다. 의사들이 들여다보던 것과 똑같았다. 내 뇌였다.

"드디어 만나게 됐군요."

노신사가 나를 보더니 자리에서 일어섰다. 아는 사람이었다. 『아카식 레코드와 다차원 세계』의 저자. 책에 있던 젊은 시절 사진과 별반 다르지 않았다. 머리가 하얗게 셌고, 주름이 자글자글한 걸 빼면.

"당신을 오랫동안 지켜봐 왔습니다."

제레미 아이즈너가 미소 띤 얼굴로 나를 바라보았다.

그가 손짓하자 홀로그램 뇌가 스르르 움직여 내 앞으로 날아왔다.

"이건 엄청난 확률을 극복한 결과입니다."

그렇게 말하며, 제레미가 내 대뇌 위에 젖꼭지처럼 돋아난 후쿠하라-베르너 돌기를 가리켰다.

"튜너로 태어날 확률도 희박한데, 당신은 안테나예요. 30억분의 1이라는 가능성을 뚫고 태어난 겁니다."

내가 무슨 시진핑이냐?!

그 엄청난 가능성을 뚫은 결과 시진핑은 권력과 호사를 누리고 있지만, 나는 죽어라 고생만 하고 있다. 불공평한 세상.

"우리가 좀 더 일찍 만났다면 건설적인 협력 관계를 구축할 수 있었을 텐데. 아쉽군요."

"개소리하고 있네."

나도 모르게 험한 말이 튀어나왔다.

"당신이 지금 무슨 짓을 하고 있는지 알아요?"

"못 할 짓 많이 했다는 거, 잘 압니다. 내 결정으로 많은 사람들이 죽고, 고통받았습니다. 이곳에 갇혀 있는 아이들도, 당신도. 인생이 뒤틀려 버렸죠."

"자백은 경찰서 가서 하시고요. 내가 하려던 말은 당신 때문에 미래에……."

"나에게는 아카식 레코드로 들어가야 하는 이유가 있습니다."

제레미의 입가에서 웃음기가 사라졌다. 나를 쳐다보는 두 눈에 광기가 번득였다.

"당신이 날 좀 도와주십시오."

"거기 들어가서 뭘 하려고요? 여기 잡혀 있는 애들 목숨보다 중요한 일인가?"

내가 바락바락 따져 물었다.

"아이들은 괜찮을 겁니다. 지금까지 겪은 일은 전부 없던 일이 될 테니까."

"뭐요?"

제레미가 벽난로로 걸어가더니, 위에 놓여 있던 액자를 가지고 왔다.

액자 안에 손바닥만 한 크기의 양피지 한 장이 끼워져 있었다. 무슨 뜻인지 알아볼 수 없는 괴이한 문자들이 가득했다. 상형문자 같기도 하고, 미친 사람이 아무렇게나

끄적거린 낙서처럼 보이기도 했다.

"쿠마에의 무녀라고 불렸던 시빌라에 대해서 알고 있습니까?"

데미안에게 들은 적 있다. 고대 그리스에서 활동한 전설적인 예언가.

"쿠마에의 무녀가 남긴 문섭니다. 시빌라 페이퍼라고 불리죠."

시빌라 페이퍼는 기원전 47년, 고대 로마의 영토였던 알렉산드리아에서 발견됐다고 한다.

고대의 수비학자(數祕學者)들은 여기에 우주의 비밀이 담겨 있다고 믿었고, 알아볼 수 없는 괴상한 문자를 해독했다. 대를 거듭해 가며.

"그들은 여기 적혀 있는 것이 실전(失傳)된 고대의 문자라고 생각했습니다. 암호 해독하듯 문자를 해독하려 했죠. 시대가 흘러 1970년대에 들어서면서, 문자가 아니라 모스 부호처럼 어떤 신호를 표시한 그림이라는 게 밝혀졌습니다. 이건 아카식 레코드의 신호였습니다. 쿠마에의 무녀는 안테나였던 거죠."

제레미는 만감이 교차하는 눈으로 시빌라 페이퍼를 들여다보았다.

"이 안에는 아카식 레코드에 대한 근원적인 정보가 들어 있었습니다. 아카식 레코드는 우주의 모든 역사가 기

록된 블랙박스가 아니었어요. 교차로였던 겁니다. 우주
의 과거와 현재, 미래…… 모든 시공과 연결된 교차로로."

아카식 레코드를 거치면 원하는 시간대 어디든 이동할
수 있을 것이다. 과거를 바꿔 세상을, 우주를 제 마음대
로 주무를 수 있다.

"거기 들어가서 뭘 어쩌려고요? 우주 정복이라도 하
려고?"

제레미 아이즈너는 재미있는 생각이라는 듯 빙그레 웃
었다.

"더 중요한 일이 있어요. 내가 망친 모든 걸 원상 복구
시켜야죠. 여기 갇혀 있는 아이들의 인생도. 그뿐입니까?
환경오염, 지구온난화, 숱한 전쟁들. 전부 없던 일로 만
들 수 있습니다. 당신이 도와주면 가능합니다."

"지금 무슨 게임 해요? 그동안 저지른 짓이 있는데, 리
셋하면 끝이야?!"

광분하는 나를 보고, 제레미가 따라오라며 손짓했다.

그를 따라 건너편에 있는 문으로 걸어갔다. 문을 열자,
운동장처럼 넓은 공간이 눈앞에 펼쳐졌다.

어두컴컴한 내부에 빛이라곤
희미한 전자기기 불빛뿐이었다.

제레미가 박수를 치자, 화답하듯 불이 켜졌다.

수직으로 솟아오른 투명하고 거대한 실린더가 끝도 없이 늘어서 있었다. 투명한 유리 용기 안은 연녹색 액체로 가득했다. 그 안에 뇌가 동동 떠 있었다.

눈을 비비고 다시 봐도 뇌였다.

"아이들을 이용해서 당신의 뇌파를 증폭시킬 겁니다."

하모니.

제레미 아이즈너가 만들었다는 뇌파 증폭 장치의 정체는, 아이들의 뇌였다.

온몸의 솜털이 곤두섰다. 언니는 제레미 아이즈너가 제정신이 아니라고 했다. 백 퍼센트 동감이다.

"당신이 꼭 필요한 건 아닙니다. 뇌만 꺼내도 됩니다. 대신 당신의 뇌를 마음대로 써먹을 방법을 찾아야겠죠. 그러려면 시간이 오래 걸릴 테고."

제레미가 선심 쓰듯 말했다.

"나와 함께 살아서 아카식 레코드로 들어갈지, 통 속에 든 뇌가 될지. 선택은 당신이 하세요."

22。 탈출

"**다** 큰 어른이 애들한테 구라나 치고. 부끄러운 줄 알아야지!"

나를 보는 병천의 눈에 경멸이 가득했다.

"꿈꾼 거 아니에요? 나도 가끔 꿈인지 생식인지 구분이 안 될 때가 있어."

"생시야. 생식이 아니고."

춘희의 반응도 별반 다르지 않았다. 허튼소리로 애들 겁주는 한심한 어른이 된 기분이다.

"배고파……."

병우는 주린 배를 움켜쥐고 고통스러워할 뿐, 내 말에 반응이 없었다.

"진짜라니까? 어떻게 해야 믿을래?"

"자신 있으면 인증 박으면 되는데?"

병천의 말이 끝나기 무섭게 눈앞에 텔톡창이 떴다. 아이들과 내가 들어가 있는 단톡방이었다.

"뭘 어쩌라고?"

"그냥 본 걸 떠올리면 되는데."

시키는 대로 했다. 그러자 채팅창에 동영상 파일 하나가 떴다. 카메라로 녹화한 것처럼, 내가 본 광경이 고스란히 되풀이됐다. 영상이 끝났고, 텔톡창이 사라졌을 땐 세 아이 모두 하얗게 질린 얼굴로 나를 보고 있었다.

"아니었어? 초능력 아카펠라가 아닌 거야……?"

춘희가 비명을 질렀다.

"여기 있다간 너희들도 통 속에 든 뇌 신세가 될 거야. 어떻게 할래?"

"나갈 수가 없는데 뭘 어떻게 하는데?"

병천이 겁먹은 얼굴로 물었다.

"나한테 방법이 있어. 나갈 수 있다고. 너희들이 도와주면."

아이들을 사지로 몰아넣는 것 같아서 마음이 편치 않았다.

하는 수 없다. 저들이 우리의 뇌를 떼어 가길 기다리고 있을 수만은 없으니.

식사 시간마다 아이들과 만나 작당 모의를 했다. 계획

이 성공하려면 다들 각자의 몫을 해내야 한다. 아이들은 처음 만났을 때보다 쇠약해졌지만, 초능력은 한 단계 발전해 있었다. 춘희는 괄목할 만큼 성장했다. 예전에는 고작 새싹 한 잎을 들썩거렸다면, 이제는 식판도 움직일 수 있었다. 병우는 더 깊고, 선명하게 들여다볼 수 있었고, 병천은 예전에는 열지 못했던 단톡방이나 오픈 채팅방도 만들 수 있었다. 초대할 사람이라고 해 봐야 우리뿐이지만.

시간도, 날짜도 알 수 없지만 식사 시간을 기준으로 그 나름의 디데이를 정했다. 세 번의 식사 시간이 지나면 거사를 치르기로 했다.

나는 더 이상 실험실로 끌려가지 않았다. 스트리밍 연습도 없었다. 제레미 아이즈너에게 제안을 받았으니, 생각할 시간을 주는 것이리라. 덕분에 무사히 디데이를 맞이할 수 있었다. 평소 먹는 둥 마는 둥 했던 풀때기를 꾸역꾸역 입에 밀어 넣었다. 한바탕하려면 에너지가 필요하니까. 다들 같은 생각인지, 세 아이는 말도 없이 식사에 집중했다.

언제나 그렇듯 쇳소리와 함께 셔터가 올라갔다. 전동 카트가 식당 안으로 들어왔다. 시큐리티들이 짐칸에 쓰레기봉투를 싣기 시작했다.

식사를 마친 우리는 가만히 시선을 교환했다. 병천이
만든 텔톡창이 시야 오른쪽 구석에 조그맣게 떴다.

나는 깨끗하게 비운 식판을 노려보았다. 금속성 표면에 비치던 흐리멍덩한 내 얼굴 위로 희미한 형상이 맺히기 시작했다. 몇 초 뒤에 벌어질 일을 알고 싶어서 스트리밍을 한 건 아니었다. 나에게 필요한 건 스트리밍을 할 때 뿜어져 나오는 전자기파였다.

마음속으로 볼륨 조절 버튼을 상상한 뒤, 볼륨업 버튼을 마구 눌렀다. 식당 형광등이 불안하게 깜빡거리기 시작했다.

시큐리티들의 시선이 일제히 천장으로 향했다. 멈추지 않고 볼륨을 계속 올렸다. 어느 순간 퍽! 하고 형광등 불빛이 나갔다. 식당 안은 삽시간에 암흑천지가 됐다. 곳곳에서 손전등 불빛이 켜졌다.

"전기가 나갔는데? 일단 비상 전력 가동하겠다."

시큐리티가 어딘가로 무전을 보냈다. 말이 끝나자마자 손전등 불빛 하나가 한쪽 벽을 향해 움직이기 시작했다.

> 병우야!

손전등 불빛이 벽에 붙어 있는 네모난 상자를 비췄다. 배전함이 거기 있었구나. 기다리고 있던 병우가 눈을 가늘게 뜨고 배전함을 노려보기 시작했다. 잠시 후, 단톡방에 병우의 눈으로 꿰뚫어 본 배전함 내부의 풍경이 떴다.

초소형 카메라로 찍은 영상처럼, 복잡하게 얽혀 있는 전
선과 크고 작은 부품들이 가까이 들여다보였다.

> 다음은 춘희 차례.

 춘희
근데 뭘 부숴요?

나는 전선들이 최대한 많이 모여 있는 부품을 찾았다.
동전처럼 동그란 플라스틱 부품에 눈길이 갔다. 형형색
색의 전선들이 이곳을 거쳐 다른 곳으로 뻗어 나가 있었
다. 일종의 허브 역할을 하는 것 같다.

> 가운데 동그란 거 보여?
> 전선들이 모여 있는 데.

 춘희
오케이.

앞으로 손을 뻗는 춘희의 실루엣이 보였다. 손흥민의
시그니처인 찰칵 포즈를 하고선 배전함을 겨눴다. 하나,
둘, 셋, 넷, 다섯…… 5초 만에 배전함 안에서 펑! 하고
작은 폭발이 일어났다. 놀란 시큐리티가 뒤로 나자빠졌
다. 손전등 불빛이 일제히 그쪽으로 향했다.

비상 전력이 들어오려면 시간이 걸릴 것이다. 일단 배전함부터 고쳐야겠지.

우리는 서로의 손을 붙잡고 전동카트를 향해 나아갔다. 눈에 뵈는 건 없어도, 전동카트가 어느 방향에 있는지는 알고 있었다.

정신없이 걸음을 옮기다가 차가운 벽에 얼굴을 부딪쳤다. 코가 아파서 나도 모르게 비명을 지를 뻔했다. 앞을 더듬어 보니 전동카트의 차체였다. 우리는 장님 코끼리 만지듯, 차체를 더듬으며 짐칸으로 움직였다. 마구잡이로 쌓여 있는 빵빵한 쓰레기봉투 틈바구니로 몸을 밀어 넣었다.

숨쉬기 힘들면 어쩌나 걱정했는데, 의외로 포근했다. 두꺼운 겨울 이불로 몸을 돌돌 말고 있는 것 같달까.

얼마 후, 쓰레기봉투 틈새로 희미한 빛이 흘러들었다. 벌써 비상전력을 복구했나 보다. 카트가 천천히 앞으로 나아갔다. 나는 숨죽인 채 무사히 밖으로 나가기만을 바랐다.

어디론가 한참 나아가던 전동카트가 덜컹거리며 멈췄다.

밑바닥이 45도로 기울어졌다. 쓰레기봉투가 경사를

193

타고 굴러떨어지기 시작했다. 그 안에 몸을 숨기던 우리도 속절없이 어딘가로 곤두박질쳤다.

먼저 떨어진 쓰레기봉투가 쿠션처럼 내 몸을 받아 주었다. 춘희, 병천, 병우가 차례로 떨어졌다. 나는 대자로 뻗은 채 하늘을 올려다보았다. 구름 한 점 없는 푸른 하늘이 끝도 없이 펼쳐져 있었다.

픽셀이 만들어 낸 사진이 아니었다. 순도 100퍼센트, 진짜배기 하늘이었다.

볼일을 마친 전동카트가 덜컹거리는 소리를 내며 멀어졌다. 나와 아이들 모두 자리에서 벌떡 일어섰다.

"나왔는데? 진짜 나왔는데?"

병천이 방방 뛰며 환호성을 질렀다. 춘희가 나를 꼭 끌어안고 눈물을 흘렸다. 병우도 축 늘어진 뱃살을 움켜쥔 채 히죽거렸다.

이곳은 분화구처럼 움푹 파인 쓰레기 매립장이었다. 우리는 비탈길을 기어올라 지상으로 올라섰다. 철썩이는 파도 소리. 눈앞에 펼쳐진 검푸른 바다. 나는 두 팔을 활짝 벌리고 한껏 숨을 들이켰다. 바닷가 짠 내가 콧속을 파고들었다. 막 출소한 죄수의 심정이 이럴까? 따끈따끈한 두부라도 한 입 베어 물고 싶었다.

그런데 뭔가 이상했다.

고개를 왼쪽으로 돌려도, 오른쪽으로 돌려도 보이는

거라곤 바다뿐이었다. 뒤돌아봐도 마찬가지였다.

"섬인데? 개 망했는데?"

병천의 절규가 파도 소리에 묻혀 사라졌다.

"어떡해요, 언니?! 나는 수영도 못하는데!"

"배고파!"

"다들 입 좀 다물어. 생각 좀 하게!"

머리를 쓸어 넘기고, 또 쓸어 넘겼다. 관자놀이를 주무르며 이 난관을 어떻게 헤쳐 나가야 할지 궁리했다.

여기는 섬이잖아. 자급자족할 리는 없고. 물자를 실어 나르려면 배가 있어야겠지.

"다들 흩어져. 배나 부두가 있는지 찾아봐."

아이들이 고개를 끄덕이고는 각기 다른 방향으로 흩어졌다.

나는 두리번거리다가 바위로 뒤덮인 야트막한 언덕을 발견했다. 꼭대기에 집채만 한 안테나가 서 있었다. 높은 곳에서 내려다보면 쉽게 찾을 수 있을 것 같았다. 엉금엉금 기다시피 하며 언덕을 올라갔다.

멀리 커다란 원통형 건물이 보였다. 우리가 갇혀 있던 시설이었다. 가까운 곳에 헬리콥터 착륙장도 있었다. 아무리 둘러보아도 부두와 배는 보이지 않았다.

좆됐다…….

망연자실한 채로 안테나 기둥에 등을 기댔다.

춘희만 수영을 못하는 게 아니다. 나도 못한다. 수영을 아무리 잘해도 여기서 육지까지 헤엄쳐 갈 수 있을까? 한강도 아니고 망망대해인데?

"언니!"

춘희의 목소리가 갈라졌다.

언덕 아래, 시큐리티들에게 붙잡힌 춘희와 병천, 병우가 보였다.

"덕분에 요절강을 다 건너 보네요. 이 은혜를 어떻게 갚아야 할지!"

원망 가득한 눈으로, 춘희가 바락바락 소리쳤다.

요단강인데. 요절강이 아니고. 하긴, 그거나 그거나.

시큐리티 두 명이 바위 언덕을 기어 올라왔다. 나는 다급히 몸을 돌려 반대편으로 도망치려 했다. 언덕을 내려가기도 전에 억센 손이 뒷덜미를 낚아챘다.

23. 구출

"언니!"

"아주미!"

"배고파!"

텅 빈 건물 로비에 세 아이의 고함 소리가 메아리쳤다.

나는 아이들과는 반대 방향으로 끌려갔다. 전의를 상실한 채 무기력하게 미로처럼 복잡하게 이어진 복도를 지나, 수술실을 연상케 하는 방으로 들어섰다.

시큐리티들은 철제 침대에 나를 눕히고 양손과 양발을 침대에 묶었다. 거열형 당하는 죄수처럼 사지가 쭉 벌어졌다. 이런 민망한 자세로 죽으려고 이 세상에 태어났단 말인가. 눈물이 앞을 가렸다.

시큐리티들이 우르르 몰려가고, 히피펌과 대머리가 안으로 들어왔다. 그들은 언제나처럼 자기네들끼리 잡담을 나누며 수술용 모자를 쓰고, 마스크를 썼다. 공들여 손을 씻고 그 위에 라텍스 장갑을 꼈다.

히피펌이 내 목덜미에 주사를 놓았다. 정신이 몽롱해지면서 눈꺼풀이 무거워졌다. 흐릿한 시야에 이발기를 든 대머리가 비쳤다. 그는 이발기로 슥슥 내 머리카락을 깎아 나갔다.

삭발한 내 모습이 궁금했다. 어울리려나? 두상이 웃기면 어떡하지?

요단강을 앞에 두고 어처구니없는 걱정을 하고 있네.

히피펌이 정위틀을 가져왔다. 두 의사는 커다란 고리 모양에 가운데가 뻥 뚫린 쇳덩어리 안에 내 머리를 밀어 넣고, 흔들리지 않도록 단단히 고정했다. 대머리가 매직 펜으로 내 머리에 절개할 부위를 표시했다. 펜촉의 차가운 감촉이 두피에 번졌다. 의사들은 그어진 선을 따라 내 두개골을 잘라 내고 안에 든 싱싱한 뇌를 끄집어낼 것이다. 그리고 포르말린 용기에 담긴 개구리 표본 신세로 만들겠지. 그런 광경을 두 눈으로 보고 싶진 않았다. 그 전에 깔끔하게 숨이 끊어지기만을 바라는 수밖에.

히피펌이 작은 전기톱을 가지고 왔다. 끝이 다가오고 있었다.

언니를 만나면 하고 싶은 말이 많았다. 묻고 싶은 것도. 그 모든 말을 마음에 품은 채, 끝을 맞이하겠지.

전부 꿈이었으면 좋겠다.

나는 다 쓰러져 가는 우리 집, 낡은 소파에서 눈을 뜬다. 시간은 저녁. 언니가 집에 돌아온다. 우리는 햇반을 데우고 어제 먹다 남은 김치찌개를 끓여 끼니를 때운다. 밤이 깊어질 때까지 텔레비전을 보며 노닥거리다가 편의점으로 산책을 나선다. 한가롭게 음료수를 마시며 시원한 밤공기를 만끽한다.

내 망상은 톱날 돌아가는 소리에 산산조각 났다.

톱날이 서서히 가까워졌다. 무기력과 절망을 넘어선, 적막한 감정이 찾아들었다. 고독하고, 외로웠다. 죽는다는 게 이런 느낌이었나.

그때 톱을 든 대머리의 손이 멈칫거렸다.

대머리가 밑동 잘린 나무처럼 옆으로 픽 쓰러졌다. 톱날이 바닥을 때리면서 굉음을 뿜어냈다. 히피펌이 소스라치게 놀라며 출입구로 고개를 돌렸다. 그의 뒤통수가 터지면서 진득한 피와 살점이 사방으로 튀었다. 넘어지는 그의 이마에는 총알구멍이 뚫려 있었다.

방탄 헬멧을 쓴 사내가 의사들의 시체를 뛰어넘어 나에게 다가왔다. 소음기를 단 소총을 든 채.

"제때 와서 다행입니다."

데미안이 나를 내려다보며 미소 지었다.

살아 있었네요!

내 환호성은 입안에서만 맴돌았다. 온몸이 마비되지만 않았어도 와락 끌어안아 줬을 텐데.

"여기서 나갑시다."

데미안이 나를 업고 수술실을 빠져나갔다. 시큐리티들의 시체가 즐비하게 늘어선 복도를 지나, 로비로 나왔다. 여기 애들이 잡혀 있다고, 데리고 나가야 한다고 말하고 싶었다. 내 마음이 전해졌는지, 데미안이 말했다.

"여기 갇혀 있던 애들도 데리고 나갈 겁니다."

타타타탕—

천장 너머에서 요란한 총성이 울렸다. 건물 안에서 한바탕 교전이 벌어지고 있는 것 같다. 데미안이 걸음을 재촉했다. 건물을 빠져나가자, 역시 방탄 헬멧을 쓴 백인 남자 두 명이 우리를 기다리고 있었다.

"같은 편입니다. 안전한 곳으로 데려다줄 거예요. 우리는 나중에 다시 만납시다."

데미안이 안심하라는 투로 말하며, 남자들에게 나를 맡겼다. 데미안은 다시 건물 안으로 들어갔다. 남자들이 나를 들것에 싣고 어디론가 데려갔다.

안테나가 서 있는 바위 언덕을 지나 한참 내려간 끝에 헬리콥터 착륙장에 도착했다. 커다란 군용 헬기 한 대가 우두커니 서 있었다. 사내들은 나를 들것째로 헬리콥터 안에 실었다. 의자에 앉아 있는 누군가의 군홧발이 보였다. 고개를 돌려 누군지 보고 싶어도, 목을 움직일 수가 없었다.

긴장이 누그러지며 피로가 밀려왔다. 아까부터 무거워지고 있던 눈꺼풀은 완전히 닫히기 직전이었다. 누군가의 손이 내 턱을 붙들고 자기 쪽으로 돌렸다.

"오랜만이다."

낯익은 목소리였다.

언니의 얼굴이 꿈결처럼 눈앞에 아른거렸다.

24。예지

덜컹—

열차가 흔들리는 바람에 잠에서 깼다. 엉겁결에 PMP를 떨어트릴 뻔했다. 작은 화면 속에선 짱구가 신나게 엉덩이춤을 추고 있었다. 만화영화를 보다가 까무룩 잠들었나 보다.

안개가 자욱하게 낀 논과 밭이 창가를 스쳐 지나갔다. 내 옆에 앉은 엄마는 고개를 옆으로 늘어뜨린 채 잠들어 있었다. 마주 앉은 아빠도 신문지를 무릎에 펼쳐 놓은 채로 꾸벅꾸벅 졸고 있었다.

우리는 외할머니 기일에 맞춰 엄마의 고향인 부산에 들렀다가 서울로 올라가는 길이다. 열차가 대구를 지날 때만 해도 깨어 있었다. 바깥은 시골인 걸 보니 서울에 도착하려면 아직 멀었다.

잠이 덜 깬 눈으로 〈짱구는 못말려〉를 보았다. 귀에 낀 이어폰을 타고 짱구의 개구진 목소리가 흘러나오다가 어느 순간 치익— 하는 소음이 이어졌다.

화면에 하얀 점들이 곰팡이처럼 피어나더니, 어느새 흐릿한 실루엣을 만들어 냈다.

뒤집힌 기차 안. 피투성이가 된 엄마가 나를 보고 있었다. 뭐라고 말하는데 알아들을 수가 없었다.

"으악!"

깜짝 놀라서 PMP를 집어 던졌다.

"왜 그래? 무슨 일이야?"

잠에서 깬 아빠가 졸린 눈으로 물었다.

"방금 이상한 게……."

내 맞은편 빈 좌석에 떨어져 있는 PMP를 가리켰다. 아빠는 고개를 갸웃하며 PMP를 살폈다.

"아무렇지도 않은데?"

피투성이가 된 엄마도, 뒤집힌 기차도 없었다. PMP에선 〈짱구는 못말려〉가 한창이었다. 언제 그랬냐는 듯.

"너 졸았지?"

아빠가 웃으며 PMP를 건넸다.

"그랬나 봐."

"엄마한테 기대서 편하게 자. 좀 더 가야 하니까."

엄마가 내 뺨을 쓰다듬었다. 나는 엄마의 어깨에 머리를 기댔다. 눈을 감고 잠을 청했다.

얼마 지나지 않아 또다시 덜컹— 하고 열차가 흔들렸다. 엉덩이가 들썩일 정도로 충격이 컸다.

승객들이 웅성거리기 시작했다.

"왜 이래?"

두리번거리던 아빠의 눈길이 창문에 못 박혔다.

바깥에는 방금 내가 본 것과 비슷한 풍경이 이어졌다. 논과 밭, 안개, 그 너머로 이어지는 첩첩산중. 그런데 각도가 이상했다. 풍경이 비스듬히 기울어지고 있었다. 어디선가 경악에 가득 찬 비명이 울려 퍼졌다.

기울어지고 있는 건 풍경이 아니었다. 열차였다.

바닥이 눈에 띄게 기울어졌다. 사람들이 간이 테이블에 올려놓은 음료수 병이며, 도시락 용기 따위가 우르르 쏟아져 내렸다. 아빠가 나를 보호하려는 듯, 감싸 안았다. 엄마가 나를 붙잡으려고 손을 뻗었다.

그 순간, 난생처음 느껴 보는 엄청난 충격이 온몸을 강타했다.

온 세상이 빙글빙글 도는 것 같았다. 방향 감각이 희미해졌다. 뭔가가 터지고 박살 나고 깨지고 부서지는 무시무시한 소리에 정신을 차릴 수가 없었다.

한바탕 소란이 끝난 뒤. 나는 열차 구석에 몸을 웅크리고 있었다. 열차는 뒤집혀 있었다. 바닥에는 부서진 유리창 파편, 떨어져 나간 쇳조각이 즐비했다.

목이 꺾이고 허리가 반대로 접힌 사람들이 고장 난 인형처럼 여기저기 널브러져 있었다. 본능적으로 알 수 있었다. 전부 죽었다는 걸.

아빠는 어디로 갔는지 보이지 않았다. 완전히 깨져 버린 유리창이 자꾸만 눈에 밟혔다. 울고 싶은데 눈물이 나오지 않았다. 무슨 일이 일어났는지 빤히 보고 있으면서도, 이해할 수가 없었다. 여긴 어디고, 나는 누굴까.

웅얼거리는 목소리가 들렸다.

소리를 쫓아 고개를 돌려 보니, 엄마가 나를 보고 있었다. PMP에서 본 것처럼, 피에 흠뻑 젖은 얼굴로. 나를 향해 알아들을 수 없는 말을 중얼거리는 것도 똑같았다.

그제야 깨달았다.

꿈을 꾼 게 아니었다는 걸.

엄마가 피 묻은 손을 뻗어 내 발목을 움켜쥐었다. 간절한 표정으로, 안간힘을 쓰며 무언가 말하려고 했다. 엄마의 등에 표창처럼 날카롭게 잘린 커다란 유리 조각이 박혀 있었다. 그걸 보는 순간 온몸이 얼어붙었다.

"도…… 도…… 도…….."

엄마가 마지막 남은 힘을 쥐어 짜내며 힘겹게 입을 열었다.

"도망쳐…… 예지야……."

내 이름을 듣는 순간, 눈물이 터져 나왔다.

25。 재회

눈을 떴을 때, 나는 고시원처럼 비좁은 방 안에 누워 있었다.

접이식 캠핑용 침대 말고는 아무것도 없는, 말 그대로 빈방이었다. 벽지도 바르지 않은 회색빛 벽에는 검은 곰팡이가 피어나 있었다. 퀴퀴하고 습한 냄새가 났다.

도망쳐…… 예지야…….

꿈속에서 나를 부르던 엄마의 목소리가 귀에 선했다.

그건 꿈이 아니었다. 내가 처음으로 미래를 본 날의 기억이었다.

현예지.

내 진짜 이름이다.

한참을 멍하니 누워 있다가 침대에서 내려왔다. 출입문으로 걸음을 옮겼다. 구름 위를 걷는 것처럼 몽롱했지만, 그런대로 견딜 만했다.

문을 열고 나가 보니, 비품실이라는 문패가 걸려 있었다. 이곳은 찜질방이었다. 넓은 마룻바닥에 환자복 차림의 깡마른 아이들이 가죽 매트를 하나씩 깔고 드러누워 있었다. 나와 함께 시설에 갇혀 있던 아이들이었다. 춘희와 병천, 병우는 보이지 않았다.

애들이 잘못됐나 싶어 덜컥 겁이 났다.

찜질방 안을 돌아다니며 아이들을 찾았다. 수납장에 쌓여 있는 가죽 베개에 먼지가 뽀얗게 내려앉아 있었다. 업소용 냉장고는 전원이 꺼져 있었다. 한쪽 벽에 팻말이 기대어 세워져 있었는데, 코로나19 때문에 영업을 무기한 중단한다고 쓰여 있었다. 문을 닫은 지 오래된 것 같다.

"일어났어요?"

등 뒤에서 어색한 한국어가 들려왔다. 까무잡잡한 피부의 사내가 이를 드러내며 환히 웃고 있었다. 남미 어디쯤에서 온 것 같다.

"누구······."

"나? 언니, 친구."

사내가 자신을 가리키며 말했다.

언니한테 친구가 있었다니. 자기는 친구씩이나 있으면서 내 앞에선 외톨이인 척한 거야?

배신감이 스멀스멀 피어올랐다.

"우리, 같이 싸워, 케테르 재단하고."

사내가 안 되는 한국말에 손짓발짓을 보태며 설명을 이어 갔다.

나는 그를 따라서 안쪽에 마련된 넓은 공간으로 들어섰다. 한때 식당으로 쓰였던 곳인지 좌식 테이블이 늘어서 있었다. 옹기종기 모여 앉아 컵라면을 먹던 춘희와 병천, 병우가 나를 보고 자리에서 벌떡 일어섰다.

"언니!"

춘희가 우다다 달려오더니 내 허리를 끌어안았다.

"살아 있었네! 역시 개똥밭에 굴러도 저승이 낫죠?"

"이승이겠지."

병천은 별 지랄을 다 한다고 투덜거렸지만, 내심 반가운 눈치였다.

병우는 입에 라면을 한가득 문 채 헤벌쭉 웃었다.

"근데…… 치킨은?"

"으악!"

춘희가 갑자기 비명을 지르는 바람에 깜짝 놀랐다. 그녀는 눈을 치켜뜬 채 내 머리를 보고 있었다.

"어…… 언니…… 머리가?!"

"탈모인데?"

병천이 알 만하다는 듯 고개를 끄덕거렸다.

"그냥 민 거야."

"탈모 맞는데? 그냥 백대가리인데?"

"백대가리? 그런 말은 또 어디서 배웠어? 안에 있어! 머리카락!"

"그래서 치킨은……? 배고파…….."

재회의 감동은 1분 만에 식어 버리고, 평소의 우리로 돌아왔다.

"성장기 어린이한테 먹일 게 라면밖에 없는데? 피자는? 치킨은? 탕수육은? 돈가스는?"

병천이 생떼를 썼다.

"초면에 미안한데, 애들 먹일 것 좀 더 없어요?"

내가 곤란해하자, 사내가 창밖을 가리켰다.

"저기다 물어봐."

먼지가 뿌옇게 낀 창문 너머, 파도가 하얗게 부서지는 백사장이 펼쳐져 있었다.

우두커니 서 있는 여자가 보였다. 남자처럼 짧게 자른 머리카락. 검은색 재킷에 검은색 바지, 낯익은 검은색 부츠. 뒷모습이 꼭 깡마른 까마귀 같다.

나는 밖으로 나가서 바닷가를 서성이고 있는 언니에게 다가갔다.

인기척을 느낀 언니가 천천히 뒤돌아보았다.

그토록 그리워하고, 원망하고, 궁금해했던 얼굴이 내 눈앞에 나타났다.

"왜 말 안 했어?"

"뭘?"

"아파트!"

언니를 만나면 하고 싶은 말도, 묻고 싶은 것도 많았다.

아파트부터 튀어나오는 걸 보니, 한국인이 맞긴 맞나 보다.

"남들은 반포 자이 한번 살아 보는 게 평생소원이라는데!"

"기껏 만나서 한다는 말이…….'"

언니가 똥 씹은 표정을 지었다.

"아니 멀쩡한 아파트 내버려두고, 왜 다 쓰러져 가는 전셋집에 날 처박아 둔 건데?"

"너만 처박혔어? 나도 처박혔어!"

"그러니까 왜 지지리 궁상을 떨었냐고?"

"전부 말쿠트가 쓰는 은신처였어. 난 명의만 빌려준 거고."

"말쿠트?!"

"있어. 나하고 같이 케테르 재단하고 싸우는 사람들."

올빼미는 누군가 언니를 돕고 있다고 의심했다. 데미안도 같은 결론에 도달했다. 언니 혼자서 네댓 명의 아이들을 납치하고, 빼돌리는 건 불가능한 일이었다.

"여기도 말쿠트가 쓰는 안전 가옥이야."

언니가 내 등 뒤에 우두커니 서 있는 버려진 찜질방을 가리켰다.

"날 구해 준 것도, 말쿠트였어?"

"여긴 그만한 인력은 없어. 네 남친이 데려온 미군들이야."

"남친?"

눈썹을 치켜세웠다. 언니는 모른 척 말을 돌렸다.

"그래서, 기억은 얼마나 돌아온 건데?"

완전히 돌아왔다고 볼 순 없다. 흩어진 퍼즐 조각처럼, 기억의 편린들이 떠다니고 있을 뿐이니까.

제레미 아이즈너는 내 능력을 이용해서 아카식 레코드로 이어지는 통로를 열려고 했다. 그러나 내 뇌파와 하모니의 파동이 어긋나면서 일이 틀어졌고, 그 여파로 기묘체 현상이 벌어지면서 종말이 성큼 다가왔다.

언니는 종말을 막기 위해 과거로 왔다. 나를 설득해 처음 스트리밍을 한 날로 돌아가려 했다. 종말을 막기 위해 꼭 거쳐야 하는 과정이라고 했다. 그러나 케테르 재단이 우릴 추격했고, 도망치던 중에 교통사고를 당했다. 나는 혼수상태에 빠졌고, 다시 태어났을 땐 기억을 모두 잃어버린 상태였다. 언니는 내가 홍선영이라고 믿도록 했다. 가짜 기억을 주입하고, 혈전이 생긴다고 겁을 주며 히키코모리로 만들었다.

"나를…… 현예지를 죽은 사람으로 만들려고 한 거지?"

언니는 가만히 고개를 끄덕였다.

혼수상태에 빠진 나를 보면서 언니는 생각했을 것이다. 현예지를 죽은 사람으로 만들면, 자연스럽게 케테르 재단의 눈을 피할 수 있을 거라고.

"말쿠트가 도와줘서 무연고 시신을 하나 구했어. 너 대신 화장하고, 사망신고를 냈지. 현예지가 죽어야, 현예지가 안전해지니까."

"사실대로 얘기해도 됐잖아! 기억을 잃었으면 찾게 도와줘야 하는 거 아냐?"

"네 성질머리가 어지간하면 그랬겠지."

언니가 투덜거렸다.

"이런저런 사정이 있으니까 짱박혀 있어, 하면 얌전히 짱박혀 있겠냐? 나돌아 다니다가 스트리밍이라도 해 봐. 케테르 재단 똘마니들이 득달같이 쫓아올걸?"

"나에 대해서 뭘 안다고?"

득달같이 쏘아붙였다가 아차, 싶었다.

"조그만 위험 요소도 피해야 했어. 그때까지만 비밀로 한 거야. 때가 되면 얘기하려고 했다고."

"우리가 같은 사람이라는 것도?"

내가 묻자, 언니의 눈동자에 복잡한 감정이 스쳤다.

"말이 안 되잖아. 생긴 거부터 다른데?"

"실험이 틀어지면서 폭발이 일어났어. 그때 얼굴에 화상을 입었고. 재건술을 받으면서 인상이 좀 바뀐 것뿐이야."

"스트리밍은? 집에서 미래를 본 적은 없잖아?"

"하모니가 내 뉴런 연결망을 바꿔 놨어. 난 이제 스트리밍 못 해."

언니가 쓸쓸한 표정으로 바다를 바라보았다.

"내가 뭐라고 불러야 해?"

"그냥 하던 대로 하자. 어차피 내가 너보다 몇 년 더 살았잖아."

"좋겠다. 늙어서……."

내 말에 언니가 피식 웃었다.

"다 물어봤냐? 더 궁금한 건 없고?"

"겁나 많은데?"

산더미처럼 쌓여 있는 질문 중에서, 제일 궁금한 것부터 물어보기로 했다.

"그날 무슨 일이 있었던 건데? 070 열차에서."

◇◇◇◇◇

별빛 나래 보육원에서 문호동을 데리고 나올 때까지만 해도, 열차를 탈 계획은 없었다.

은희의 계획은 단순했다. 케테르 재단이 호동이를 납치하기 전에 빼돌리는 것.

케테르 재단은 자신들의 쇼핑 목록에 호동이를 올려놓은 참이었다. 호동이를 충분히 관찰한 후, 아이의 능력을 확인하면 납치해서 시설로 데리고 갈 것이다.

은희는 사회복지사를 가장해 호동이에게 접근했고, 케테르 재단보다 한발 먼저 아이의 능력을 확인했다.

호동이는 우리가 사는 4차원의 시공간에서 5차원으로, 두 차원을 넘나드는 능력이 있다. 5차원은 일종의 지름길이다. 5차원의 통로를 거치면 한 장소에서 다른 장소로 순식간에 이동할 수 있다. 은희에게 꼭 필요한 능력이었다.

보육원에서 호동이를 데리고 나와 곧바로 지하철을 탔다. 집 근처, 상가 건물 지하에 마련한 은신처로 아이를 데려갈 작정이었다. 3호선으로 갈아탈 무렵에 미행이 붙었다는 사실을 깨달았다. 선영을 빼돌리려다 케테르 재단의 하수인들에게 쫓겼던 악몽이 되살아났다. 하마터면 과거의 자신을 잃을 뻔했다. 같은 실수를 반복할 수는 없었다.

호동을 데리고 필사적으로 도망쳤다. 서울을 종횡무진하며 미행을 따돌리려 했다. 그러나 케테르 재단의 하수인은 악착같이 뒤쫓아 왔다. 은희의 모든 노력은 허사가 됐고, 남은 건 쉽게 쫓아오지 못할 먼 곳으로 떠나는 방법뿐이었다.

서울역에 도착하자마자 가장 빨리 출발하는 표를 샀다. 부산으로 가는 KTX 070 열차. 4번 칸, 11C, 11D.

은희는 미행을 따돌린 줄 알았다. 열차는 정시에 출발했고, 두 사람을 위협하는 이는 없었다. 호동이는 보육원을 나설 때처럼 차분하게 가라앉아 있었다. 속을 알 수 없는 눈으로 창밖을 보며 의미를 알 수 없는 숫자를 끝없이 중얼거렸다.

선영을 서울에 내버려둘 수는 없었다. 그렇다고 호동이를 데리고 마냥 도망 다닐 수도 없었다. 일단 조력자들에게 연락해 부산에서 만나자고 했다. 호동이를 넘긴 후, 다시 서울로 올라올 작정이었다.

열차는 대전을 지나 다음 역으로 달려갔다. 은희는 화장실에 다녀오는 길에, 그녀와 호동이를 추적하던 미행자를 보았다. 출장 가는 직장인처럼 차려입은 평범한 인상을 한 사내였다.

그는 은희를 빤히 쳐다보았다. 도망칠 생각하지 말라는 듯.

은희는 호동이를 데리고 도망쳤다. 사내는 여유로운 걸음으로 두 사람을 쫓았다. 달리는 열차 안에 안전한 도피처가 있을 리 없었다.

두 사람은 어느새 마지막 객차에 도착했고, 막다른 벽에 부딪혔다.

"0, 0, 0, 0, 0……."

언젠가부터 호동이는 0만 되풀이하고 있었다. 멍한 표정은 전과 같았으나, 두 눈은 침울하게 가라앉아 있었다. 호동이는 자신이 궁지에 몰렸다는걸 알고 있었던 것이다.

"대구에 도착하려면 멀었는데. 자리로 돌아가지?"

사내는 아내에게 말하듯, 다정한 목소리로 말을 건넸다. 얌전히 시키는 대로 하라는 무언의 협박이 담겨 있었다.

은희가 도망칠 궁리를 하고 있는데, 호동이의 두 눈에서 번갯불처럼 눈부신 섬광이 뿜어져 나왔다. 하얀빛은 삽시간에 퍼져 은희와 사내를, 열차 안을 가득 채웠다.

정신을 차렸을 때, 사내의 모습은 보이지 않았다. 은희는 아무것도 보이지 않는 칠흑 같은 공간에 둥둥 떠 있었다. 맨몸으로 우주에 내던져진 것처럼, 몸을 가눌 수가 없었다.

어둠 저편으로 끌려가는 승객들의 실루엣이 언뜻 보였다 사라지기를 반복했다. 칸칸이 잘려 나간 열차가 어둠 속에서 번득거렸다. 다들 어딘지 알 수 없는 곳으로 빨려 들어가고 있었다.

갑자기 손에 따듯한 온기가 번졌다.

어느새 나타난 호동이가 은희의 손을 꼭 붙잡고 있었

다. 생명 줄이라도 되는 것처럼.

은희는 문득 깨달았다. 패닉에 빠진 호동이가 열차를 통째로 5차원에 끌고 들어왔다는 걸. 승객들과 열차는 5차원의 통로를 거쳐 우리 차원의 시공간으로 흩어질 것이다. 자기가 어디로 가는지도 모른 채.

겁에 질린 은희는 호동이를 끌어안았다. 모든 게 자기 탓인 것처럼 느껴졌다.

처음 스트리밍하던 날, 그녀는 전복된 열차를 보았다. 즐비하게 늘어선 탑승객의 시체를, 죽어 가는 엄마를 보았다. 무슨 일이 벌어질지 뻔히 봤으면서도 아무것도 하지 못했다. 열차가 뒤집히고 나서야, 미래를 보았다는 걸 깨달았다.

그래서 자신의 뇌를 연구 대상으로 삼았다. 몇 초 뒤의 미래를 보는 능력을 연구하고, 발전시키려 했다. 대형 참사와 자연재해를 예측할 수 있다면, 수많은 목숨을 살릴 수 있을 테니까. 평생 짊어지고 살아온 죄책감을 조금이나마 덜 수 있는 방법은 그것뿐이었다.

연구를 진행하는 와중에 대뇌에 돋아난 후쿠하라-베르너 돌기에 대해 알게 됐고, 어딘가에서 날아온 전파가 뉴런 연결망을 바꿔 미래를 볼 수 있게 만들었다는 걸 알게 되었다. 이를 바탕으로 논문을 발표했고, 제레미 아이즈너가 흥미를 보였다. 그는 그녀에게 없는 자금과 시설,

인력을 가지고 있었다. 무엇보다 그녀가 궁금해하는 진실을 알고 있었다.

아카식 레코드.

제레미는 아카식 레코드로 들어가려 했다. 돌이킬 수 없는 끔찍한 과거를 바꾸고 싶다고 했다. 그녀도 같은 심정이었다.

세월이 흐른 뒤 밝혀진 탈선 사고의 원인은 사람이었다. 매뉴얼에 따라 열차를 정비하지 않아서, 노후화된 부품을 제때 교체하지 않아서, 합리적인 시스템으로 조직을 운영하지 않아서, 이런 사고가 발생하지 않도록 관리, 감독하지 않아서 벌어진 인재(人災)였다.

다시는 그런 일이 생기지 않도록, 모든 걸 바로잡을 작정이었다.

그녀의 선의는 뜻밖의 결과를 낳았다. 아카식 레코드로 향하는 통로는 열리지 않고, 되레 재앙이 들이닥친 것이다. 나중에야 알았다. 제레미 아이즈너가 자랑했던 하모니가, 수많은 튜너들의 뇌로 만들어졌다는 걸. 튜너들이 발산하는 뇌파가 그녀의 뇌파와 어긋나면서, 유해한 파장을 발산했고 그로 인해 입자가 기묘체로 변하는 괴현상이 시작됐다는 걸.

제레미 아이즈너에 대한 분노보다, 그의 실체를 알아채지 못한 자신에 대한 원망이 컸다. 종말을 막고 모든 걸 되돌릴 방법은 하나뿐이었다. 모든 파국의 원인을 제공한 아카식 레코드로 들어가야 했다. 아이러니하게도.

지나온 삶이 주마등처럼 스쳐 지나갔다. 은희는 망연자실한 채 호동에게 속삭였다. 널 위험하게 해서 미안하다고. 모든 걸 바로잡고 싶었다고. 그것뿐이었다고.

횡설수설하다가 고개를 들어 보니 별빛 나래 보육원 근처 도로변이었다. 어안이 벙벙한 채로 빈손을 내려다보았다. 호동이는 사라지고 없었다. 그녀가 타고 있던 070 열차는 행방이 묘연해졌다.

은희는 실종자가 되었다. 그녀가 유괴범이라는 사실이 드러나면서, 그녀의 동생인 선영이 경찰과 국정원의 표적이 되었다. 케테르 재단 또한 선영을 노렸다.

은희는 사나운 팔자를 탓하면서도, 굴하지 않겠다고 다짐했다.

서울로 다시 돌아온 건, 호동의 뜻이었을지도 모른다. 모든 걸 바로잡을 마지막 기회를 준 것인지도. 은희는 그 기회를 놓치지 않겠다고 다짐했다.

무슨 대가를 치르더라도.

◇◇◇◇

우리는 나란히 서서 수평선을 바라보았다.

5차원의 통로를 지나 다양한 시공간에 도착한 열차를, 영문도 모른 채 죽어 간 승객들을, 생사조차 알 수 없는 호동이를 생각했다.

 "칠칠치 못하게. 아직도 신발 끈 하나를 제대로 못 묶냐?"

 언니가 혀를 차며 내 앞에 쪼그려 앉았다.

 "언니가 묶어 주면 되잖아."

 "나이가 몇 갠데? 이런 건 알아서 해야지. 험한 세상 어떻게 살래?"

 주섬주섬, 신발 끈을 묶어 주는 언니의 정수리를 보고 있는데, 왈칵 눈물이 쏟아졌다. 자리를 털고 일어서는 언니를 와락 끌어안았다. 따듯한 품에 얼굴을 묻고 넘치는 감정을 쏟아 냈다.

 "드럽게, 진짜. 내가 휴지로 보이냐?"

26。그림자

투자자들로부터 만나자는 연락이 왔다. 제레미 아이즈너는 답을 하지 않았다.

케테르 재단을 만들 수 있었던 것도, 튜너들을 수집하고 안테나를 찾아낼 수 있었던 것도 그들 덕분이라는 사실은 잘 알고 있다.

그들은 회사의 수익 구조를 컨설팅해 주었고, 아낌없이 뒷받침해 주었다. 케테르 재단은 죽음을 팔아서 돈을 번다. 마약 카르텔을 후원하고, 테러리스트와 불량 국가들에 무기를 판다. 돈 장난도 국제적인 규모로 친다. 주가를 조작하고 가상화폐 시장을 교란한다. 그들의 행보는 수많은 이들의 목숨을 앗아 갔다. 밥그릇을 두고 다투는 마약 조직원들을 학살했고, 세계 각지에서 벌어지는 전쟁에 끼어들었다. 조직에 불필요한 존재는 제거했다.

조직을 배신하고, 조직에서 벗어나려 한 이들도 제거했다. 기적적으로 목숨을 건진 이들은 케테르 재단에 맞서는 저항군을 만들었다. 이름이 말쿠트라던가.

케테르(Keter)라는 이름은 카발라라는 신비주의 교의(敎義)에 등장하는 개념으로, 신과 하나가 된 상태를 의미한다. 만물을 탄생시킨 태초의 아버지를 뜻하기도 한다. 말쿠트(Malkuth)는 정반대다. 만물의 어머니, 혹은 인간 중에서도 가장 뛰어난 우두머리를 의미한다.

아무러면 어떤가. 케테르니, 말쿠트니 전부 말장난일 뿐. 제레미의 앞을 가로막는 자들은 전부 죽은 목숨이다.

제레미는 사이코패스도, 소시오패스도 아니었다. 평범한 인간에 불과했다. 자신이 무슨 짓을 저지르는지 똑똑히 알고 있었다. 그도 죄책감을 느꼈다. 아니, 동병상련에 가까운 감정일지도 모른다.

그런데도 묵묵히 남의 목숨을 제물로 바쳐 돈을 벌었다. 그 돈으로 연구 시설을 만들고, 필요한 인력을 모집했다. 단 한 가지 목표 때문이었다. 아카식 레코드를 통해 과거로 가기 위해서. 아내와 딸을 다시 만나기 위해서.

그날, 아내는 두 살 난 딸을 데리고 마트에 갔다. 여느 때와 다름없는 평화로운 오후였다. 권총을 든 강도가 마트에 난입하기 전까지는. 강도는 계산대를 지키던 주인과 실랑이를 벌였고, 손님들이 가세하면서 난투극이 벌어졌다. 그 와중에 총구를 벗어난 총알이 아내와 아이를 맞혔다.

제레미가 병원을 찾았을 때, 두 사람은 싸늘한 주검으로 변해 있었다.

죄 없는 아내가, 천사 같은 아이가 왜 이유 없이 죽어야 하는 걸까. 제레미는 갈피를 잡지 못하고 방황했다. 술과 마약에 의지해 현실을 외면하려 애썼다. 그럴수록 상실감은 더욱 커져만 갔다.

그 무렵, 아이작 보그다노프가 접근해 왔다.

아이작과는 오랜 친구 사이였다. 스탠포드 대학교에서 함께 수학했고, 비슷한 시기에 연구자로 명성을 날렸다. 아이작은 이름난 컴퓨터 공학자였지만, 눈에 보이는 것만이 세상의 전부는 아니라고 믿었다. 그는 당시 유행하던 뉴에이지 붐에 편승했고, 신비주의에 빠져들었다.

그는 연구를 잠시 내려놓고 신비주의의 발상지로 떠났다. 인도와 네팔에서 남아메리카에 이르는 긴 여정이었다. 훗날 그의 말에 따르면 진정한 영성을 발견하는 여행이었다고 한다.

아이작은 페루에서 깊은 눈을 가진 금발 머리 소년을 만났는데, 나이는 어리지만 수백 년, 아니 수천 년은 살아온 것처럼 지혜롭고 모르는 것이 없었다고 한다. 소년은 선물이라며 오래된 양피지 한 장을 건넸다. 시빌라 페이퍼였다.

기원전 47년, 로마의 점령하에 있던 도시 알렉산드리아는 전쟁에 휘말려 있었다. 그 와중에 보물 창고가 약탈당했는데 그때 창고 안에 잠들어 있던 시빌라 페이퍼가 세상 밖으로 모습을 드러냈다.

오랜 세월을 거슬러 제레미의 손에 들어온 시빌라 페이퍼는 과거로 돌아가 아내와 딸의 끔찍한 죽음을 되돌릴 방법을 알려 주었다.

아카식 레코드.

우주의 모든 시공간과 이어져 있는 시간의 교차로.

아카식 레코드로 들어간다는 건, 인류의 역사를 자기 마음대로 조작할 수 있다는 뜻이다. 신이 되는 것과 마찬가지다. 제레미는 그런 호사에는 관심이 없었다. 그저 아내와 딸을 살리기 위해 아카식 레코드에 들어가야 했다.

제레미는 수단 방법을 가리지 않고 아카식 레코드에 들어가는 데 필요한 자금을 벌어들였다. 그림자가 없었다면 불가능한 일이었다.

처음 만났을 때, 그림자는 거리를 떠도는 어린아이였다. 행색은 초라하고 말도 통하지 않았다. 아이에게는 특별한 능력이 있었다. 시공을 뛰어넘어 한 장소에서 다른 장소로 순식간에 이동하는 능력.

제레미는 아이를 데려다 순간 이동 능력을 연구했다.

그 과정에서 누구도 밝혀내지 못한 시공간의 구조를 파악할 수 있었고, 시간 여행의 가능성을 확인했다. 문제는 가성비였다. 너무 많은 에너지가 드는 데다, 제레미가 원하는 만큼 먼 과거로 갈 수는 없었다. 가까운 과거에서 두 번, 세 번 시간 여행을 하는 방법도 고민해 보았다. 그때마다 막대한 에너지를 수급하는 것도 힘들뿐더러, 아직 불완전한 타임머신의 내구성 때문에 기계가 파손될 것이 분명했다.

무엇보다 투자자들이 원하지 않았다. 그들이 원하는 건 아카식 레코드뿐이었다.

제레미는 아이를 '뱀 굴'이라 불리는 시설로 보냈다. 아이는 거듭된 훈련과 세뇌 끝에, 케테르 재단의 해결사 그림자로 거듭났다.

세상에 공짜는 없는 법. 그림자를 다루는 건 쉽지 않았다. 그림자는 늘 불안에 떨었고, 수시로 패닉에 빠졌다. 그럴 때마다 치사량에 가까운 진정제를 투입해야 했다. 지금도 마찬가지였다. 비좁은 방 안에 갇힌 채, 얕은 잠에 들었다 깨기만을 반복했다. 공교롭게도 그림자가 발작하기 시작한 건, KTX 070 열차가 사라진 날이었다. 하는 수 없이 용병들을 고용해 일을 맡겨야 했다.

이럴 때 그림자를 쓰는 건 좋지 않다. 용병들이 아직 활동하고 있으니, 그들에게 맡기는 수밖에 없다. 그렇게

225

생각하면서도, 초조한 마음은 가라앉지 않았다. 안테나는 얼마 전까지 제레미의 손아귀에 있었다. 그러나 제레미가 잠시 시설을 떠난 사이 어디론가 날아가 버렸다.

안테나를 되찾기 위해 또 얼마나 오랜 시간을 허비해야 할까. 시설이 발각됐으니, 미국을 비롯한 세계 각국의 수사기관이 케테르 재단에 한 걸음 가까이 접근해 올 것이다. 압박이 커질수록, 조바심 또한 커져 갔다. 제레미는 결국 다시 그림자를 찾았다. 가장 확실한 해결책을.

뉴욕 땅속에 자리 잡은 어느 버려진 지하철역. 그곳에 뱀 굴이 숨겨져 있었다. 이곳에 보내진 아이들은 세뇌를 견디지 못하고 미쳐 버리거나, 스스로 목숨을 끊었다. 살아남아 해결사가 된 건 그림자뿐이었다.

사방이 두꺼운 강화유리로 둘러싸인 방 안. 그림자는 침대에 굼벵이처럼 몸을 웅크린 채 누워 있었다. 집채만 한 덩치. 숨을 쉴 때마다 두껍고 둥근 등이 위아래로 들썩거렸다.

제레미는 유리벽 너머에 서서 그림자를 지켜보았다. 말로는 그를 깨울 수 없었다. 보호구를 착용하고 헬멧까지 쓴 직원 두 명이 방 안으로 들어갔다. 곤봉처럼 생긴 전기충격기를 든 채로. 기척을 느낀 그림자가 고개를 드는 순간, 한 명이 그의 목덜미에 곤봉을 꽂았다. 억센 전류가 그림자를 휘어 감았다.

그림자의 비명 소리가 뱀 굴 안에 메아리쳤다.

제레미는 죄책감을 억누르며, 그 광경을 똑똑히 지켜보았다. 조금만 참으라고. 내가 과거로 가서 네 인생을 구원해 줄 테니 그때까지만, 내가 시키는 대로 해 달라고 중얼거리면서.

직원이 번갈아 그림자를 지져서 산송장으로 만들었다. 그림자는 바닥에 드러누운 채, 초점 없는 눈으로 천장을 올려다보았다. 직원들이 그림자의 이마에 전극을 붙였다. 이제 뉴런 연결망을 움직여 말 잘 듣는 살인 기계로 돌려놓을 시간이다.

제레미는 이미 올빼미와 몇 명의 해결사를 고용했으나 성과는 미적지근했다. 확실한 카드가 필요했다. 그림자는 실망시키지 않을 것이다. 집 나간 안테나를 붙잡아 올 것이다.

준비를 마친 직원들이 제레미를 바라보았다.

"시작해."

메마른 목소리로, 제레미가 말했다.

27。약속

저녁 무렵, 언니가 부른 트럭이 왔다. 짐칸에 각종 가공식품이 가득했다. 풀때기로 끼니를 때웠던 아이들은 게 눈 감추듯 먹을 것을 집어삼켰다. 춘희와 병천, 병우도 마찬가지였다.

"배 속에 거지가 들었나."

"애들이잖아. 한창 먹을 때니까."

경악을 금치 못하는 언니와 달리, 내 눈에는 대견해 보였다. 살아 보겠다고 씩씩하게 먹고 있는 모습이 짠하기도 하고.

"네 남친, 아주 눈을 까뒤집고 날뛰던데? 너 찾는다고."

"아까부터 뭔 남친 타령인데?"

언니가 툭 던진 말에 눈을 부라리는데, 춘희가 만두를

입에 문 채 눈을 빛냈다.

"언니 남친 있어요?"

"없어."

"없기는? 그 검머외는 뭔데?"

"있네! 있어!"

언니의 말에, 춘희가 박수치며 환호했다.

"왜 말을 안 했어요? 결혼할 사이예요? 벌써 한 건 아니죠?"

춘희의 설레발에 정신이 나갈 것 같았다.

"근데…… 이거 다 먹으면 어디로 가는 건데? 분위기 보니까 통나무인데?"

병천이 불안한 눈을 하고 물었다.

"쟨 뭐라는 거냐? 통나무?"

언니가 고개를 갸웃했다.

"녹차 먹여 키운 돼지 어디로 가는데? 불판인데? 우리도 비슷한 처지 같은데?"

"너희들 안 구워 먹을 테니까 걱정 마."

그렇게 말했지만, 나도 궁금했다. 이 애들은 어떻게 되는 건지. 언니가 거둬서 키울 것 같지도 않고.

"다른 애들은 안전한 곳으로 갈 거야."

언니가 말했다.

세 아이가 눈을 동그랗게 뜨고 언니를 쳐다보았다. 나

도 마찬가지였다.

"다른 애들? 얘들은?"

"안전한 곳으로 가기 전에, 해 줘야 할 일이 있어."

"맞는데? 맞는데? 귀신 헬리콥터 맞는데?"

병천이 자리에서 벌떡 일어났다.

"통나무도 모자라서 귀신 헬리콥터? 말을 알아듣게 좀 해!"

언니가 짜증을 내는데, 병우가 쭈뼛거리며 물었다.

"치킨은……?"

"먹고 싶으면 시키는 대로 해. 밥값 정도는 하라고."

"무슨 밥값을 해? 아직 애들인데?"

"저기 왔네. 네 남친."

내 질문에, 언니가 엉뚱한 말을 내뱉었다. 그녀의 눈길을 따라 고개를 돌려 보니, 데미안이 반가운 미소를 지으며 다가왔다. 나도 모르게 입꼬리가 올라갔다.

"어머! 언니 남친 잘생겼네? 키도 훤칠하니."

춘희가 홍조 띤 얼굴로 내 팔을 꼬집었다.

왜 자기가 부끄러워하는 건지…….

"실실 쪼개는 거 봐라. 좋단다."

언니가 투덜거리며 자리에서 일어섰다.

"잼민이들은 절대 따라오지 마라. 어른들끼리 할 얘기가 있으니까."

우리는 찜질방 한편에 마련된 사무실로 들어갔다. 사장이 머물던 곳인지, 책상 위에 명패가 그대로 남아 있었다.

언니가 책상 위에 어느 건물의 도면을 펼쳐 놓았다. 건축에 문외한인 내가 보기에도 꽤 큰 규모의 건물 같았다. 복잡한 구조로 이루어진 건물 한가운데에, 도넛 모양 구조물이 자리 잡고 있었다.

"어디까지 들여보내 줄 수 있어요?"

언니가 데미안을 보며 물었다.

"어딘지부터 말해 줘야 하는 거 아닙니까?"

"아시아 핵융합 에너지 연구 본부."

언니의 입에서 낯선 이름이 튀어나왔다.

"뜬금없이 여긴 왜?"

내가 물었다.

"충전 좀 하려고."

그렇게 말하면서, 언니가 늘 지니고 다니던 다마고치를 책상 위에 올려놓았다. 화면 속에서 검은색 도트로 만들어진 병아리가 꾸벅꾸벅 졸고 있었다.

"다마고치를 충전하는데 왜 핵융합 에너지가 필요합니까?"

데미안이 고장 난 로봇처럼 멍한 얼굴로 물었다.

"이건 평범한 다마고치가 아니거든요."

"아니면? 뭔데?"

내가 물었다.

"양자 거품 생성 시공간 굴절 장치."

"쉽게 설명해 보십시오."

데미안의 말에, 언니가 귀찮다는 투로 내뱉었다.

"타임머신이라고요."

영화 〈백 투더 퓨처〉에서 타임머신은 달리는 자동차다.

드라마 〈닥터 후〉에서는 주인공이 타고 다니는 공중전화 부스가 우주선 겸 타임머신이다. 심지어 겉모습만 공중전화 부스지, 안에 들어가면 웬만한 가정집 크기다.

백번 양보하면, 만화 〈짱구는 못말려〉에서 화장실 변기를 타임머신으로 쓴 적이 있긴 하다.

달걀 하나 크기만 한 다마고치가 타임머신이라니. 농담인지, 진담인지 알 수가 없었다.

"물론 처음에는 이 방만 한 크기의 상자였지."

"근데 어쩌다 다마고치가 된 건데?"

"타임머신이 불안정했거든. 과거로 넘어오자마자 붕괴됐어. 나도 겨우 살아 나왔다고."

언니는 양자 거품을 생성해 내는 핵심 부품을 뜯어냈고, 거듭 연구한 끝에 다마고치 케이스에 이식하는 데 성공했다.

"기껏 고른 게 다마고치야?"

"좋잖아. 귀엽고."

가만히 듣고 있던 데미안이 동의한다는 듯 고개를 끄덕거렸다.

"기회가 되면 자세히 설명하겠지만, 아무튼 이게 딱이었어. 가지고 다니기도 편하고, 정체를 숨기기도 쉽고. 문제는 연료야. 내가 가져온 연료는 타임머신이 붕괴되면서 못 쓰게 됐거든. 22년 전으로 돌아가려면, 더 강력한 에너지원이 필요하긴 해."

"여기 있는 플라스마가 필요한 거군요."

데미안이 원형 구조물을 가리켰다.

원형 구조물의 정체는 플라스마를 가둬 두는 토카막이었다.

플라스마는 고체도, 액체도, 기체도 아닌 물질의 네 번째 형태다. 초고온인 데다 극도로 불안정해서 토카막이라는 특수한 장치 안에 가둬 놓아야 한다. 언니에게 필요한 건, 토카막 안에 있는 초고밀도의 플라스마였다.

"이해가 안 돼. 왜 하필 그날이어야 하는데?"

언니는 처음 만난 날부터 우리가 처음 스트리밍한 날로 가야 한다고 했다.

뒤집힌 열차.

즐비하게 늘어선 시체들.

사라진 아빠.

내 눈앞에서 피 흘리며 죽어 간 엄마.

해묵은 상처를 굳이 헤집어야 하는 이유가 뭔지 모르겠다.

"왜 그날 스트리밍이 시작됐는지 아냐? 그랜드 크로스가 있었거든."

언니가 오래된 신문 기사를 건넸다.

'태양계 모든 행성이 열 십자로 정렬. 그랜드 크로스 우주 쇼 개봉 박두!'

아카식 레코드가 보내는 신호는 우리 차원까지 닿지만, 우리가 보내는 신호는 차원을 넘어 아카식 레코드에 닿지 못한다. 신호의 강도가 약하기 때문이다. 하지만 그랜드 크로스가 일어나면 사정이 달라진다는 것이 언니의 주장이다.

"옛날 사람들은 그랜드 크로스가 지구 멸망의 전조 현상이라고 믿었어. 1999년 즈음에는 그랜드 크로스가 일어나면 행성 간의 중력이 요동치면서 지구가 부서진다는 헛소문도 돌았고."

언니가 피식 웃으며 말을 이었다.

"진짜 중력이 변화하긴 해. 지구를 박살 내기는커녕, 우리가 느낄 수도 없을 만큼. 하지만 나비의 날갯짓이 지구 반대편에서 태풍을 일으키는 법. 차원 간의 거리에는 큰 영향을 미쳐. 자석처럼 차원들이 서로를 끌어 당기거든. 우리 차원과 아카식 레코드의 거리도 부쩍 가까워지겠지."

"그랜드 크로스가 일어나는 날 신호를 보내면, 아카식 레코드에 닿을 수도 있단 거야?"

언니가 고개를 끄덕였다.

"다음 그랜드 크로스까지 기다릴 순 없어. 너무 긴 시간인 데다, 어차피 너 혼자서는 무리야. 거리가 가까워진다 해도, 신호를 증폭시켜야 승산이 있거든."

"하모니는 실패했잖아."

"뇌파가 어긋나서 그래. 동일한 두 개의 뇌파를 공명시켜야 해."

실험이 실패한 후, 언니는 원인을 찾아 나섰다. 그 결과 언니의 뇌파와 하모니의 파동이 어긋나면서 공명에 실패했고, 불협화음이 일어나듯 입자의 조화를 깨뜨리며 기묘체를 유발했다는 사실을 알아냈다.

성공으로 가는 길은 하나뿐이었다. 동일한 두 개의 뇌파를 공명시키는 것이다. 그랜드 크로스가 있던 날, 새마을호 열차에서 〈짱구는 못말려〉를 보면서 꾸벅꾸벅 졸고 있었던 아홉 살의 나와, 나이 든 지금의 나.

"뭔 소린지 이해했어요?"

언니가 데미안에게 물었다.

"아니요."

데미안이 솔직하게 대답했다.

"됐어요. 이해할 필요는 없고, 여기 들여보내 주기만 하면 된다고요. 미국인 덕 좀 봅시다."

언니가 건물 도면을 톡톡 두드렸다.

"내가 하청업자가 아니라 CIA나 NSA 요원이라고 해도, 여긴 무립니다."

데미안이 고개를 저으며 말했다.

"아시겠지만 여기는 한국, 일본, 중국, 세 나라가 공동으로 운영하는 곳입니다. 핵융합은 각국의 미래 에너지원이고요. 미국이 어떤 식으로 압력을 넣어도 토카막 안으로 들여보내 주지는 않을 겁니다."

"공식적인 방법으로는 그렇죠."

언니가 대꾸에, 데미안이 멈칫했다.

"기량 좀 발휘해 봐요. 여친을 위해서."

"닥쳐!"

내가 버럭 소리치는 바람에, 데미안이 화들짝 놀랐다. 언니는 놀리듯이 입꼬리를 움찔거렸다.

"뭐…… 한번 구경이나 해 볼까요?"

데미안이 천연덕스럽게 대꾸하며 도면을 들여다보았다. 언니가 고소하다는 듯 웃었다. 민망한 사람은 나뿐이다. 혼자 얼굴을 붉히고 있는데, 데미안이 입을 열었다.

"관문이 세 개군요. 도면에는 없지만, 정문에서 신원을 확인할 겁니다. 건물 내부로 들어갈 때 또 한 번. 마지막 관문은 토카막일 테고."

"직원과 허가받은 방문객만 정문을 통과할 수 있어요. 건물 내부로 들어가려면 직원의 출입 카드가 필요해요. 방문객도 직원의 인솔하에만 들어갈 수 있고요."

"토카막이 있는 핵융합로는 어떻습니까?"

"여기는 보안 등급 1급만 출입할 수 있어요. 홍채 인식으로 1차 신원 확인을 마치면, 여덟 자리 비밀번호를 입력해야 하죠. 근데 이 번호가 매일 바뀐대요. 보안 등급 1급은 전부 다섯 명뿐인데, 이 사람들만 알고 있는 방정식이 있거든. 거기 날짜를 대입하면 비밀번호가 도출되는 식이죠."

언니가 왜 데미안을 불렀는지 알 것 같았다. 어쨌든 특수부대 출신인 데다, 첩보원인 만큼 삼엄한 보안을 뚫고 들어갈 수 있을 것이다.

"정문 경비들은 낯선 얼굴을 가려낼 수 있을 겁니다. 직원으로 위장하면 바로 걸리겠죠. 방문객으로 들어가야 할 겁니다."

데미안이 말했다.

"정문은 어떻게 통과한다 치고, 건물은요?"

언니가 물었다.

"직원 카드를 훔치거나 조작하면 됩니다. 하지만 여기 카메라가 있어요."

데미안이 도면을 짚으며 말했다. 카메라는 한둘이 아니었다. 건물 안팎에 보는 눈이 수두룩했다.

"안으로 들어간다고 해도, 금방 붙잡힐 겁니다."

"시간이 얼마나 걸릴까요?"

"글쎄요. 한 5분?"

데미안이 건물 주변에 있는 감시초소를 살피며 말했다.

"5분 안에 마지막 관문을 뚫고 토카막 안으로 들어가야 하는 거네. 힘들겠는데."

내가 고개를 설레설레 저으며 말했다.

"애초에 들어가는 것도 불가능하잖아. 보안 등급 1급을 붙잡아서 눈알을 파낼 수도 없고. 방정식은 또 어떻게 할 건데?"

언니는 지그시 나를 바라보았다.

"설마…… 진짜 파내려고?"

"내가 제레미 아이즈너냐?"

내 말에 언니가 기함했다.

"애들이 있잖아. 여기 무슨 살벌한 장치를 해 놨든, 애들 능력이면 순삭이라고."

언니가 호동이를 유괴한 건, 마지막 관문을 돌파하기 위해서였다. 순간 이동 능력으로 안으로 들여보낸 후, 문을 열려고 했던 것이다. 그러나 070 열차 사건으로 언니의 계획은 수포로 돌아갔다.

"이젠 저 녀석들을 믿어 보는 수밖에."

"위험하잖아. 붙잡히면 애들은 어떡하라고?"

"봐주겠지. 설마 감방에 처넣겠어?"

"아무리 그래도……."

"치킨 받고, 피자 하나 더."

느닷없이 들린 병천의 목소리에, 우리는 일제히 입구를 향해 눈을 돌렸다.

춘희와 병천, 병우가 우두커니 선 채 우리를 보고 있었다.

"이것들이! 따라오지 말라니깐?"

언니가 눈을 부라렸다.

"탕수육하고…… 깐풍기도……."

병우가 입맛을 다시며 메뉴를 더하자, 춘희도 고심 끝에 입을 열었다.

"언니, 나는 최소한 꽃등신은 먹어야겠어요."

"등심이겠지! 그게 중요한 게 아니고…… 너희 안 해도 돼. 아니, 하지 마!"

내가 손사래를 쳤다.

"전에도 해 봤잖아요. 완전 환장의 콤비였는데. 이 정도야 뭐. 껌이지."

"환장은 안 돼. 환상이어야 해."

언니가 춘희의 말을 바로잡았다.

"너희들 진짜 괜찮겠어?"

근심 어린 눈으로 아이들을 바라보았다. 다들 씩씩하게 고개를 끄덕였다.

수평선 너머로 해가 저물고 있었다.

데미안과 함께 노을에 물든 백사장을 걸었다. 따라오겠다는 아이들을 떼어 내고, 데미안을 배웅하러 나온 길이다.

"고생하셨는데, 꽃이라도 사 올 걸 그랬습니다."

"누가 졸업이라도 했어요?"

"따지고 보면 출소한 거하고 비슷하지 않습니까? 선영 씨 헤어스타일도 그렇고."

"미국에선 꽃을 주나 보죠? 여기는 두부 한 모면 되는데."

우리는 서로를 보며 잔잔하게 웃었다.

"나 찾는다고 애썼다면서요?"

"무사해서 다행입니다."

"위에서 뭐라고 안 해요?"

"사례를 해도 모자랍니다. 선영 씨 덕분에 케테르 재단의 시설을 찾게 됐고, 제레미 아이즈너에 대해서도 알게 됐으니까."

"언니 계획이 실패하면요? 그땐 진짜 곤란해질 수도 있는데."

"성공하면, 지금까지 벌어진 모든 일이, 없던 일이 될 수도 있는 거 아닙니까?"

"우리가 성공한다면 케테르 재단은 세상에 존재하지 않겠죠. 070 열차가 사라지는 일도 없을 테고."

"선영 씨를 만날 일도 없겠네요."

내 신발 끈을 묶어 주던 데미안.

나를 지키기 위해 홀로 적과 맞서던 그의 뒷모습.

차 안에서 도란도란 이야기를 나누었던 기억.

우리가 함께한 짧은 모험은 오직 내 머릿속에만 남게 될 거다.

그런 생각을 하니 울적해졌다.

"모든 일이 끝나면, 나를 찾아와 주십시오."

"어디 있는 줄 알고요?"

"전에 말했던 핫도그 가게 기억납니까? 뉴욕에서 제일 맛있다는. 나는 아마도 거기 있을 겁니다."

"핫도그 먹으러 뉴욕까지 가라고요?"

"그럴 만한 가치가 있습니다."

데미안이 걸음을 멈추며 말을 이었다.

"약속해 주십시오. 나를 만나러 오겠다고."

"대신 핫도그는 데미안이 쏴요."

"당연하죠."

우리는 서로를 보며 미소 지었다.

그와의 약속을 지킬 수 있기를 바랐다. 언젠가 데미안
을 다시 만날 수 있기를. 날 기억하진 못하더라도, 지금
처럼 따듯한 미소로 바라봐 주기를.

28. 충전

정문에 도착한 언니는 바리케이드 앞에 차를 세웠다. 초소에 있던 경비원이 우리를 향해 다가왔다.

"긴장하지 마."

"언니나 잘해."

주섬주섬, 데미안이 위조한 방문객 출입증을 꺼냈다. 내 사진 아래 낯선 이름과 바코드가 이어져 있었다. 언니가 운전석 쪽 유리창을 내리고 우리 두 사람의 출입증을 건넸다. 경비원이 출입증과 우리의 얼굴을 번갈아 보았다. 심장이 콩닥거렸다.

"쭉 들어가시면 안내 사무소가 있어요. 들어가셔서 출입증 제출하시고, 인솔자를 기다리시면 됩니다."

경비원이 기계로 바코드를 찍더니, 바리케이드를 치우고 우리를 들여보냈다.

우리는 천천히 정문을 통과했다.

"들어왔어요."

—긴장하지 말고 계획대로 하십시오. 괜찮을 겁니다.

무선 이어폰에서 데미안의 목소리가 흘러나왔다.

주차장을 가로질러 쭉 들어가다 보니 단층 건물 하나
가 나타났다. 안내 사무소였다. 건물 입구에 감시카메라
가 달려 있었다. 여기뿐만 아니라 주차장 곳곳에 보는 눈
이 있을 것이다.

—감시 카메라는 차단했습니다. 곧바로 건물로 가십시
오.

데미안이 우리를 안심시켰다. 언니는 안내 사무소 앞
을 지나쳐 곧바로 핵융합 원자로가 있는 연구동 건물을
향해 속도를 냈다.

"이제부턴 네가 맡아."

언니가 주머니에서 다마고치를 꺼내 내 손에 쥐여 주
었다.

"만날 손에 쥐고 놓지를 않더니. 무슨 바람이 불었데?"

"배고프다고 울면 밥 주고, 앓아누우면 약 줘. 잘 돌봐.
내가 널 돌본 것처럼."

"갑자기 왜 이러는데? 죽을병이라도 걸렸어?"

"내가 콱 죽으면 좋겠냐? 그러면 속이 시원하겠어?"

"갑자기 청승을 떠니까 그러지."

"귀찮아서 그래. 몇 년째 다마고치만 붙잡고 있어 봐라."

"끄면 되잖아?"

"휘발성이다."

"뭐?"

"다마고치가 죽으면 기판이 타 버린다고. 벽돌 되는 거야."

움찔하며 화면을 들여다보았다. 다행히 다마고치는 잘 살아 있었다.

"바보냐? 그러니까 왜 이런 데다 기판을 심어?!"

"아날로그니까."

언니가 어쩔 수 없다는 듯 어깨를 으쓱했다.

"요즘 디지털 기기는 전부 온라인이잖아. 스마트폰에 심어 봐라. 케테르 재단에서 당장 냄새를 맡고 쫓아올걸?"

"그래서 골동품을 모아 놓은 거야?"

"골동품이라니? 다 쓸데가 있어. 말쿠트하고는 햄으로 소통했고, 중요한 자료는 테이프 안에 숨겨서 워크맨에 넣어 놨다고."

나 몰래 방구석에 CIA를 차려 놨구먼.

연구동 건물이 가까워지고 있었다. 언니가 근처에 차를 세웠다. 나는 차에서 내리자마자 트렁크를 열었다. 몸을 웅크리고 있던 춘희와 병천이 질린 얼굴을 한 채 밖으로 기어 나왔다. 병우는 침을 질질 흘리며 잠들어 있었다.

"일어나! 그런 데서 잠이 오냐?"

"배고파……."

언니가 낑낑거리며 병우를 끌어냈다.

우리는 아이들을 데리고 건물 입구로 뛰어갔다. 데미안이 방문객 출입증과 함께 챙겨 준 카드를 찔러 넣자, 잠금장치가 풀렸다.

"들어가요."

─곧바로 핵융합 원자로로 가세요. 시간을 좀 벌어 드릴 테니.

안으로 들어가자마자 천장에 설치된 감시 카메라가 보였다. 우리는 방문객으로 연구소에 들어왔고, 이 건물은 직원 인솔 없이 출입할 수 없다. 우릴 발견하는 즉시, 경비원들이 잡으러 올 것이다.

"이쪽이야!"

언니가 앞장서서 계단을 뛰어 올라갔다. 나는 투덜거리는 아이들을 다그치며 뒤를 따랐다. 3층까지 단숨에 올라간 뒤, 언니를 따라 왼편으로 길게 뻗은 복도로 뛰어들었다. 다행히 여기까지 오는 동안, 누구와도 마주치지 않았다. 그러나 복도를 반쯤 지났을 때, 건물 안에 사이렌이 울리기 시작했다.

멀리서 펑! 하고 폭발음이 울려 퍼졌다. 시간을 좀 벌어 주겠다더니. 데미안이 폭탄을 터뜨린 모양이다. 경비원들을 엉뚱한 곳으로 유인하려는 것이다.

복도 끝에 도착하자 굳게 닫힌 철문이 앞을 가로막았다. 이 문 너머에 토카막이 있다. 홍채로 신원을 확인하는 카메라 렌즈와 도어 록처럼 생긴 2차 인증용 키패드가 달려 있었다.

"다들 준비됐지?"

내 말에 세 아이가 고개를 끄덕였다. 내 시야 오른쪽 아래에 작은 텔톡창이 떴다.

"깜짝이야! 뭐야, 이건?"

언니가 기겁을 했다.

"뭐긴 뭐야? 텔레파시지."

"그냥 카톡창인 것 같은데……."

"텔톡인데!"

병천이 언니를 향해 악을 썼다.

"그래, 네 똥 굵다! 빨리 시작해."

"근데 어딜 봐?"

병우가 멀뚱히 물었다. 언니가 키패드를 가리켰다. 홍채와 비밀번호 인증이 끝나면, 키패드와 연결된 잠금장치가 풀리는 구조였다. 병우가 끄덕거리며 키패드를 지그시 노려보기 시작했다.

조마조마한 마음으로 병우를 보고 있는데, 등 뒤에서 우당탕거리는 발소리가 들려왔다. 경비원 두어 명이 우리를 향해 달려오고 있었다.

"꼼짝 마!"

전부 폭발이 일어난 곳으로 달려간 건 아닌 모양이다.

"어떻게 해요?"

춘희가 울상을 하며 물었다.

"너희들은 계속해. 시간을 벌어 볼 테니까."

그렇게 말했지만, 어떻게 시간을 벌어야 할지 알 수 없었다. 언니는 굳은 표정으로 달려오는 경비원들을 쳐다보고 있었다.

경비원 하나가 총을 빼 들기에 소스라치게 놀랐다. 자세히 보니 테이저 건이었다. 언니가 순순히 두 손을 들더니, 흘끔 고개 돌려 나를 쳐다보았다. 언니의 눈동자가 복도 구석에 놓여 있는 소화기를 가리켰다.

나는 언니 뒤에 몸을 숨겼다.

"이쪽으로 나와!"

경비원이 소리쳤다.

텔톡창에 병우가 들여다본 키패드 내부가 떠 있었다. 케테르 재단의 시설에서 춘희가 부순 배전함보다 훨씬 복잡다단했다. 걱정할 필요는 없었다. 언니는 키패드의 핵심 회로가 뭔지 파악하고 있었고, 출발하기 전에 아이들에게 단단히 일러두었다. 그러나…….

春희
어떡해요? 잘 안 되는데.

왜 안 돼?

춘희
몰라요. 긴장해서 그런가……

병천
나라고 생각하면 되는데?

춘희
뭐?

병천
저게 내 뚝배기라고 생각하면 되는데?
의욕이 뿜뿜할 건데?

병천이 말대로 해 봐

"나오라고!"

경비원이 또 한 번 으박질렀다. 나는 슬금슬금 언니 뒤에서 나오는 척하다가, 소화기를 향해 냅다 달려갔다.

틱!

테이저 건이 전극을 발사하는 소리가 복도에 울려 퍼

졌다. 언니가 반사적으로 허리를 숙였다. 나는 감전되는 내 모습을 상상하며 눈을 질끈 감았다. 다행히 전극이 허공을 때렸는지 아무렇지도 않았다. 잽싸게 소화기를 낚아채고는 안전핀을 뽑았다.

경비원들을 향해 하얀 분말을 뿜어냈다. 순식간에 눈사람처럼 변해 버린 경비원들이 허우적거리며 얼굴에 묻은 분말을 걷어 냈다.

쾌재를 부르는데, 경비원들이 머리에서 피를 뿜어내며 픽 쓰러졌다. 복도 저편에서 세 사람이 달려오고 있었다. 마스크를 쓴 올빼미와 역시 마스크로 얼굴을 가린 두 남자였다. 그들의 손에는 권총이 들려 있었다.

나와 언니는 누가 먼저랄 것도 없이 아이들을 향해 달려갔다. 방패처럼 아이들의 앞에 버티고 서는 사이 총성이 울리며 경비원들이 바닥에 엎어졌다.

철커덕— 자물쇠 풀리는 소리가 났다.

"됐다!"

춘희가 환호성을 질렀다.

"움직이지 마. 대가리 날아간다."

올빼미가 총을 겨누며 말했다.

낯선 목소리에 뒤돌아본 아이들의 얼굴에 공포가 번졌다.

"너희 자매 때문에 피곤해 죽겠다."

올빼미가 푸념했다.

"미군 친구들 쫓아가 보니 웬 찜질방이 나오더구먼. 말 쿠트인지 요구르트인지."

언니가 사색이 된 채 숨을 삼켰다.

올빼미는 나와 아이들을 구출한 미군을 추적한 모양이다. 그렇게 말쿠트의 은신처를 찾아낸 것이다. 그 말인즉 슨…….

"다 죽였냐?"

언니가 물었다.

"걱정하지 마. 애들은 산 채로 회수했으니까."

올빼미가 주머니에서 몇 겹으로 접은 종이를 꺼내더니 우릴 향해 툭 던졌다. 은신처에 놓아둔 핵융합 연구소 도면이었다.

"이제 너희들만 데려가면 드디어 끝이다. 나도 잔금 좀 받자."

이쪽으로 오라는 듯, 올빼미가 손짓했다.

맨주먹으로 총을 든 세 사람을 상대할 수는 없다. 우리의 뒤에는 아이가 셋이나 있다. 나는 하는 수 없이 올빼미를 향해 걸음을 옮겼다.

"야!"

언니가 나를 불러 세웠다.

"어쩔 수 없잖아."

그렇게 대꾸하는데, 언니가 소리쳤다.

"엎드려!"

"뭐!?"

"숙이라고!"

언니가 나를 끌어안고 몸을 날렸다. 그 순간 와장창! 복도 옆 유리창이 박살 나며 데미안이 뛰어 들어왔다.

엎드린 우리의 등 위로 부서진 유리 조각이 쏟아졌다. 총성이 요란하게 울려 퍼졌다. 고개를 들자, 허리에 차고 있는 로프를 풀면서 다른 손에 들린 권총을 난사하는 데미안이 보였다. 사내 한 명이 총에 맞아 뒤로 넘어졌다. 올빼미가 기울어지는 사내의 등을 받치며, 그 뒤에 몸을 숨겼다. 또 다른 사내는 데미안이 쏜 총에 이마를 맞고 뒤로 나자빠졌다.

"따라와!"

언니가 나를 잡아끌었다. 우리는 문을 열고, 핵융합 원자로로 세 아이를 들여보냈다.

"데미안!"

내가 고함쳤다. 데미안이 올빼미를 향해 한바탕 총을 난사하더니, 빠르게 뒷걸음질 치며 원자로를 향해 다가왔다. 나와 언니가 데미안을 안으로 데리고 들어왔다. 문을 닫으려는데, 엄청난 속도로 쇄도해 온 올빼미가 문을 들이받았다.

문을 막고 있던 나는 버티지 못하고 뒤로 쓰러졌다. 올빼미가 안으로 뛰어 들어왔다. 데미안이 부리나케 달려가 올빼미를 향해 총을 쐈다. 한 발이 올빼미의 어깨에 꽂혔다. 올빼미가 윽, 하고 신음을 흘리며 총을 떨어뜨렸다. 그녀는 주저앉지도, 쓰러지지도 않았다. 이를 악물고 몸을 날려 데미안을 들이받았다. 데미안도 총을 떨어뜨렸다. 두 사람은 한데 뒤엉켜 몸싸움을 벌이기 시작했다.

데미안의 총이 바닥 위로 미끄러지더니 내 발치에 멈춰 섰다. 생각할 겨를도 없이 총을 집어 들었다.

"쏴 버려!"

언니가 고함쳤다.

엎치락뒤치락, 몸싸움이 이어지는 바람에 올빼미를 제대로 겨누기가 힘들었다. 간신히 가늠자를 올빼미의 머리에 겨눴다. 운이 따라 주길 바라며 방아쇠를 당겼다.

틱—

공이치기가 빈 탄창을 때렸다. 총알이 바닥난 것이다.

올빼미와 격렬하게 치고받던 데미안은 수세에 몰렸지만, 그녀의 뒤로 몸을 움직이며 기회를 잡았다. 데미안의 억센 팔이 올빼미의 목을 휘어 감았다. 데미안은 입술을 깨물며 팔에 힘을 주기 시작했다. 올빼미의 얼굴에서 핏기가 사라졌다.

올빼미가 헐떡거리면서 허리춤으로 손을 가져갔다. 그

녀는 잘 벼려진 군용 단검을 뽑아 들었다. 데미안은 목을 조르느라 칼을 보지 못하고 있었다.

"데미안!"

내 목소리에 데미안이 퍼뜩 놀랐다. 올빼미가 데미안의 목덜미를 향해 칼을 내질렀다. 데미안은 가까스로 공격을 피했지만, 올빼미를 놓치고 말았다. 올빼미가 무릎으로 데미안의 배를 찍었다. 데미안이 컥, 하는 거친 신음을 내뱉으며 허리를 숙였다. 올빼미가 칼날을 고쳐 쥐고 한껏 치켜들었다.

찰나의 순간, 단검의 넓고 매끈한 표면이 눈에 들어왔다.

화면이 아니어도 된다면, 거울이나 잔잔한 수면에다가도 할 수 있다면. 저기도 가능하지 않을까?

나는 모든 신경을 칼날에 집중했다.

올빼미가 데미안의 목덜미를 향해 칼을 내리꽂으려는 순간, 은색으로 번들거리는 칼날에 흐릿하고 희미한 형상이 맺혔다. 그걸 본 올빼미가 무의식적으로 손을 멈췄다.

된다!

칼에도 스트리밍이 가능했다. 이런 식으로 알고 싶지는 않았지만…….

데미안은 기회를 놓치지 않았다. 고개를 치켜들며 뒤

통수로 올빼미의 턱을 후려쳤다. 균형을 잃고 비틀거리는 올빼미에게 달려들더니, 머리를 붙잡고 순식간에 목을 꺾어 버렸다.

부자연스럽게 기울어진 머리. 넋이 나간 듯 텅 빈 표정. 구슬처럼 빛나는 밤색 눈동자에서 생기가 사라졌다.

29. 작별

"덕분에 살았네요."

데미안이 거친 숨을 몰아쉬며 말했다.

나는 대꾸할 겨를도 없이 아이들을 찾았다. 셋 다 육중한 장비 뒤에 몸을 숨긴 채 벌벌 떨고 있었다.

"괜찮아. 다 끝났어."

아이들을 끌어안고 등을 쓸어내렸다.

우리의 머리 위에는 큼지막한 하수관처럼 보이는 철제 관이 원을 그리며 이어져 있었다. 벽에는 파이프 관이 복잡하게 얽혀 있었고, 곳곳에 육중한 장비들이 늘어서 있었다.

바닥은 한가운데가 뻥 뚫려 있었는데, 난간 아래로 내려다보니 까마득했다. 1층까지 뚫려 있는 모양이다.

아이들이 보지 못하도록, 데미안이 으슥한 곳으로 올

빼미의 시체를 치웠다.

"헤어질 시간이군요."

데미안이 아쉬운 목소리로 말했다.

"애들 잘 부탁해요."

"언니, 어디 가요?"

부릅뜬 춘희의 눈에는 공포와 불안이 뒤섞여 있었다.

나는 과거로 갈 거야. 우린 다시 만나지 못하겠지. 아
마도.

차마 그렇게 말할 수는 없었다.

"잠깐 어디 좀 다녀올 데가 있어. 아저씨 따라가서 기
다려. 곧 갈 테니까."

"약속 꼭 지켜야 해……."

병우가 내 옷깃을 만지작거리며 말했다.

병천은 쓸쓸한 눈으로 먼 곳을 바라보고 있었다. 이제
이별이라는 걸 직감한 걸까.

"시작하자."

언니가 나를 어느 낯선 장비 앞으로 데리고 갔다. 우리
는 기계에 달린 육중한 케이블을 다마고치에 연결했다.
화면에서 다마고치가 사라지더니, 숫자가 떴다. 0, 10,
20, 30…… 숫자가 빠르게 올라갔다.

"반경 2미터 안에 양자 거품이 만들어질 거야."

언니가 말했다.

나는 눈길을 돌려 데미안과 세 아이를 바라보았다. 나를 보는 그들의 모습을 눈에 담고, 머릿속에 새겼다. 행여 잊어버릴까 두려워서.

"언니! 기다리고 있을게요. 빨리 와요!"

춘희가 손을 흔들었다.

나는 슬픈 티를 내지 않으려, 일부러 밝게 웃어 보였다.

그때 어디선가 번쩍! 하고 섬광이 터졌다. 카메라 플래시라도 터뜨린 것처럼.

붕대로 얼굴을 가린 덩치 큰 사내 하나가 우두커니 서서 우리를 바라보고 있었다. 권총 한 자루를 든 채. 누군지 알 것 같았다. 그림자다.

데미안은 그를 보자마자 미친 사람처럼 내달렸다. 바닥에 떨어진 올빼미의 권총을 낚아챘고, 속도를 유지하며 우리를 향해 달려왔다. 그림자는 반대편에서 한 걸음, 한 걸음 천천히 걸어왔다. 육중한 체구 때문인지 발을 디딜 때마다 쿵 하는 소리가 들리는 듯했다. 언니가 보호하듯 나를 끌어안았다. 다마고치에 달린 전구에서 반짝거리는 빛의 입자가 뿜어져 나와, 바람에 날리는 홀씨처럼 우리 주변을 맴돌았다.

데미안이 우리를 스쳐 지나갔다. 그의 눈동자가 나를 바라보았다. 미처 다 하지 못한 말들을 머금은 채로.

언젠가 그가 했던 말이 귓가에 아른거렸다.

"약속해 주십시오. 나를 만나러 오겠다고."

데미안은 우리를 지나 그림자를 향해 달려들었다. 나와 언니를 둘러싼 빛무리가 더 밝고 선명해졌다. 데미안과 그림자가 서로를 노리고 총을 겨눴다.

총성이 터지는 순간 눈부신 빛이 시야를 가렸다.

철커덕— 철커덕— 철커덕—

기차가 달리는 소리에 정신이 들었다.

"서둘러야 해."

언니가 굳은 표정으로 나를 보고 있었다.

우리는 다른 객차로 넘어가는 출입구 앞에 서 있었다. 언니가 메고 있던 크로스 백에서 엠씨스퀘어를 꺼냈다. 기계를 따라 돌돌 말려 있는 케이블 끝에, 이어폰 두 개가 달려 있었다. 언니는 엠씨스퀘어를 내 품에 안겼다.

우리는 부산을 떠나 서울로 향하는 새마을호 열차에 타고 있었다. 열차는 대구를 지나 다음 역인 대전으로 가고 있었다.

"넌 예지한테 가 봐."

"언니는?"

"세워야지. 곧 탈선할 테니까."

나는 어린 시절의 나를 향해, 언니는 반대편에 있는 운전실 쪽으로 향했다.

객차 두 개를 건너갈 즈음 열차의 속도가 눈에 띄게 줄어들더니 덜컹, 하며 멈춰 섰다. 안내 방송은 나오지 않았다. 승객들이 웅성거리기 시작했다. 나는 빠른 걸음으로 복도를 지나갔다.

"실례합니다."

누군가 내 옆을 스쳐 지나더니 화장실로 들어갔다.

아빠다.

나는 멀어지는 아빠의 뒷모습을 멍하니 바라보았다. 그제야 과거에 왔다는 사실이 실감 났다.

과거의 나는 다음 칸에 있었다. 어리둥절한 얼굴로 PMP를 들여다보고 있었다. 옆에 앉은 엄마는 잠에 빠져 있었다. 피투성이가 된 채, 내 이름을 부르던 엄마의 얼굴과 겹쳐 보였다. 눈물이 쏟아지려 했지만 울고 앉아 있을 시간은 없었다.

"얘!"

엄마가 깨지 않도록, 작은 목소리로 과거의 나를 불렀다.

예지가 고개를 돌려 나를 바라보았다. 잠이 덜 깬 멍한 얼굴로.

"방금…… 여기 언니가 나왔어요."

PMP를 들어 보이며, 예지가 말했다.

예지는 열차 사고가 아니라, 자신을 찾아온 우리의 모습을 본 듯했다. 나와 언니가 미래를 바꾼 것이다.

"너한테 할 말이 있어서 왔어."

손짓하며 예지를 불렀다. 예지는 긴가민가한 얼굴로 보더니, 잠든 엄마를 지나 객실 복도로 나왔다.

예지를 데리고 옆 칸으로 넘어갔다. 맞은편에서 달려오던 언니가 우리를 보고 걸음을 멈췄다.

언니의 시선을 따라 고개를 돌렸다.

그림자가 서 있었다.

온몸에서 피를 철철 흘리며.

권총은 오간 데 없고, 손가락 두어 개가 떨어져 나가 있었다.

그림자가 바지 뒤춤에서 서슬 퍼런 군용 대검을 꺼내 들었다. 그걸 본 승객이 비명을 질렀다. 객차 안에 파문이 번졌다.

어떻게 여기까지 온 거지? 데미안을 해치우고, 사라지는 우리를 쫓아 빛무리로 뛰어든 걸까?

"저 아저씨 왜 저래요?"

겁먹은 예지가 내 뒤에 숨었다. 복도를 지나온 언니가 우리의 앞을 막아섰다.

"애 데리고 화장실로 가."

"언니도 같이 가야지!"

"내 말 들어!"

"뭘 어쩌려고……."

"가. 가서 다 끝내."

그렇게 말하며, 언니가 내 손을 잡았다.

"우리를 위해서."

언니가 나를 반대편으로 밀쳐 냈다. 그러더니 몸을 돌려 그림자를 향해 다가갔다. 그림자가 칼을 든 채 쿵쾅거리며 달려왔다. 언니는 무방비 상태였다. 총도, 칼도, 흔한 호신용 스프레이조차 없었다. 그런데도 물러서지 않았다.

마주친 두 사람은 잠시 말없이 서로를 바라보았다.

나는 언니의 뒷모습만 볼 수 있었다. 멈칫거리는 모습을 보니 놀란 것 같기도 하고, 그림자에게 뭔가 말을 하는 것 같기도 했다.

언니는 그림자를 와락 끌어안았다.

우두커니 서 있던 그림자가 언니의 옆구리에 칼날을 쑤셔 넣었다.

트램펄린을 탄 것처럼, 언니의 몸이 격렬하게 흔들렸다.

고개가 힘없이 기울어졌다. 피가 다리를 타고 흘러내렸다. 고단한 숨을 내쉬면서, 언니가 우리를 돌아보았다.

이젠 천지간에 너희 둘뿐이야.

그렇게 말하는 듯했다.

나는 언니에게서 등을 돌렸다. 예지의 손을 잡아끌고 화장실 안으로 들어갔다. 문을 잠그고, 엠씨스퀘어의 전원을 켜고, 예지의 귀에 억지로 이어폰을 쑤셔 넣었다.

"왜 이래요?"

"가만히 있어!"

예지의 어깨를 꾹 붙잡으며 힘겹게 말을 이었다.

"언니가 시키는 대로 해 줘. 제발."

"왜 울어요?"

예지가 흠칫 놀라며 물었다.

"부탁할게."

울고 있어서 그런가. 예지의 태도가 조금 누그러졌다.

나는 다른 이어폰을 끼고 화장실 거울을 응시했다.

언니는 말했다. 가서 다 끝내라고.

내가 언니를 위해 해 줄 수 있는 건 그것뿐이다.

버튼을 누르자 모스 부호를 연상케 하는 신호음이 들려왔다. 껍데기는 엠씨스퀘어지만, 내부에는 언니가 만든 뇌파 동조 장치가 들어 있다. 나와 어린 시절 나의 뇌파를 공명시켜 신호를 증폭하는 장치였다.

복도에서 발소리가 울렸다.

저벅, 저벅······.

그림자가 다가오고 있었다.

263

조바심을 내지 않으려 애쓰며, 정신을 집중했다. 스트리밍하듯이 거울을 향해, 차원 저편에 있는 아카식 레코드를 향해 신호를 보냈다.

"언니, 도대체 뭐 하는⋯⋯."

"쉿!"

형광등 불빛이 불안하게 깜빡거렸다.

거울이 물결치듯 일렁거리더니 거기 비친 우리의 모습이 지워졌다. 어느새 시커먼 어둠으로 가득했다.

그 어둠을 향해 손을 뻗었다. 손이 거울을 통과해 어둠 저편으로 쑥 들어갔다. 느낌이 이상했다. 내 팔인데 내 팔이 아닌 것 같은 기묘한 감각이었다.

예지를 세면대 위로 들어 올렸다. 그런 다음, 어둠 속으로 예지를 밀어 넣었다.

"으악!"

나도 어둠 속으로 뛰어들었다.

30。 아카식 레코드

거울 건너편은 화장실이었다.

우리가 있었던 새마을호 화장실과는 달랐다. 더 비좁고, 변기도, 세면대도 작고 보잘것없었다.

"여긴 어디예요?"

황당해하는 예지를 뒤로 하고, 문을 열었다.

새마을호와 비슷하지만 좀 더 깔끔하고 비좁은 복도를 지나 객실로 들어섰다. 텅 빈 좌석이 길게 늘어서 있었다. 내부를 살피는데 열차 번호가 보였다.

'KTX 070'

아카식 레코드가 아냐?

언니가 열차를 탄 날로 온 건가 싶어 패닉에 빠져 있는데, 예지가 중얼거렸다.

"아까는 낮이었는데?"

예지를 따라 창밖을 내다보았다. 아무것도 보이지 않는 깜깜한 어둠이 펼쳐져 있었다. 번개가 치는 것처럼, 간헐적으로 무언가의 실루엣이 드러났다.

포효하는 공룡처럼 보이기도 했고, 데굴데굴 굴러가는 바퀴 같기도 했다. 피라미드의 윤곽이 눈앞을 스쳐 지나갔고, 프로펠러를 단 복엽기가 쌩하니 날아가기도 했다. 눈앞에 수많은 기억들이 만다라처럼 펼쳐졌다. 그건 우주의 기억이었다. 우주의 탄생에서 소멸까지, 모든 시공간에서 벌어진 크고 작은 사건들의 집합체.

다행이야.

마음이 놓였다. 우리는 아카식 레코드에 들어와 있었다.

이론적으로 이곳은 우리 차원과는 다른 법칙으로 굴러간다. 내 뇌는 감각기관이 받아들인 정보를 제대로 처리하지 못했을 것이다. 듣도 보도 못한 무언가일 테니. 결국 뇌는 현실을 재창조하기로 결심한 것 같다. 내가 이해할 수 있는 방식으로. 오매불망 찾아 헤매던 070 열차의 형태로.

"어휴. 이거 꿈이죠?"

예지가 이마를 짚으며 말했다.

"응?"

"말이 안 되잖아요. 이상한 나라의 앨리스도 아니고."

"그래. 네 말이 맞아. 이건 꿈이야."

나는 적당히 맞장구를 쳐 주었다. 진실을 털어놓아도 이해하지 못할 것 같았다.

예지와 나란히 앉아 어두운 바깥을 내다보았다.

오긴 왔는데, 어떻게 기원전 47년으로 가지?

그해, 시빌라 페이퍼가 처음으로 모습을 드러냈다. 화근을 제거하려면 시빌라 페이퍼를 없애야 한다. 아카식 레코드의 존재 자체를 비밀에 부친다면, 누구도 그곳으로 들어가려 하지 않을 테니까. 나와 어린 나, 우리 둘만 아는 비밀로 남게 될 것이다. 영원히.

"저 아저씨 또 왔네."

예지가 따분한 표정으로 말했다.

그림자가 속을 알 수 없는 얼굴로 저벅, 저벅 걸어왔다.

깜짝 놀라 예지를 끌어냈다.

"얼른 나와! 도망쳐야 해."

"왜요? 어차피 꿈이라면서?"

다짜고짜 예지의 손을 잡고 도망쳤다. 우리는 텅 빈 객차를 건너고, 또 건넜다. 그림자는 느리지만 집요하게 뒤쫓아 왔다.

정신없이 도망치다 보니, 어느새 마지막 칸이었다. 마지막 순간, 나를 보던 언니의 두 눈이 떠올랐다. 언니를 위해서라도 이대로 포기할 수 없었다. 어떻게든 맞서 싸우는 수밖에.

나는 예지의 앞을 막아섰다.

그러거나 말거나, 예지가 빈자리에 털썩 주저앉았다.

"너 뭐 해?"

"한숨 자려고요. 그러다 보면 깰지도 모르잖아요."

태평한 소리 하고 있다. 한마디 쏘아붙이려다 참았다.

그림자는 알 수 없는 말을 웅얼거리며 우리를 향해 다가왔다. 그는 숫자를 외우고 있었다.

"8, 7, 19, 73, 44……."

보육원 원장에게 들은 호동이 얘기가 떠올랐다. 호동이는 늘 숫자를 외우고 있다던.

언니는 호동이가 순간 이동 능력자라고 했다.

내가 본 그림자도 마찬가지다. 둘 다 번쩍이는 섬광과 함께 나타나고, 사라진다.

"말도 안 돼……."

서울역으로 들어서던 언니와 호동이를 떠올렸다.

언니의 손을 잡고 걸어가던 남자애. 통통하게 살이 오른 얼굴. 어딜 보는지 알 수 없는 초점 없는 눈동자.

그림자가 호동이라고?

발을 타고 전해지던 진동이 사그라들었다. 열차가 천천히 멈춰 섰다. 창밖에 서울역 로비가 펼쳐졌다. 빠른 걸음으로 로비로 들어서는 언니와 호동이가 보였다. 언니는 악에 받친 얼굴로, 탑승 게이트를 향해 걸음을 재촉했다.

그림자는 어느새 우두커니, 창밖을 보고 있었다.

"당신…… 문호동이었어?"

내 말에, 그림자가 입을 다물었다.

"저 애, 누군지 알아보겠어?"

나는 창밖에 보이는 어린 호동이를 가리켰다. 그림자는 가만히 그쪽을 보더니 우리에게서 등을 돌려 열차를 빠져나갔다.

양복을 입은 남자가 모습을 드러냈다. 케테르 재단의 하수인이었다. 그는 언니의 뒤통수를 주시하며, 거리를 두고 언니와 호동이의 뒤를 쫓았다.

로비로 들어선 그림자는 성큼성큼, 망설임 없이 남자의 등 뒤로 접근했다. 그러더니 칼로 남자의 목덜미를 푹 내리찍었다. 행인들이 비명을 질렀다. 실신하듯 주저앉는 사람도 있었다. 그림자는 아랑곳하지 않고 두 번, 세 번 칼을 내리찍었다. 부르르 몸을 떨던 남자는 고장 난 로봇처럼 픽 쓰러졌다.

열차가 천천히 움직이기 시작했다.

◇◇◇◇◇

그림자는 언젠가부터 자신이 누군지 잊어버렸다. 여기가 어딘지, 뭘 해야 하는지도.

가끔 악몽을 꿨다. 어둠 속으로 내동댕이쳐지는 꿈이었

다. 칸칸이 부서진 열차들이 어둠 속, 제각기 다른 어딘가로 빨려 들어갔다. 사람들의 비명이 귓속을 파고들었다. 한 여자가 그를 꼭 끌어안았다. 알아들을 수 없는 말을 속삭였다. 그 여자마저 사라지고, 그는 혼자 남았다.

무섭고, 외로웠다. 차가운 우주에 홀로 버려진 것처럼.

늘 같은 악몽이 반복됐다. 눈을 뜨면 식은땀이 흘렀다. 심장이 빠르게 뛰었다. 금방이라도 누가 찾아와 해코지할 것 같은 두려움에 시달렸다. 그럴 때면 아무것도 할 수 없었다. 그들은 성난 맹수를 진정시키듯 마취제를 놓고, 감전시켰다. 그렇게 진을 빼놓았다.

그들은 그림자가 사람을 죽여 주길 바랐다. 상대가 누군지, 무슨 잘못을 했는지 생각할 겨를은 없었다. 목표에만 집중했다. 일을 처리할 때만큼은 공포도, 외로움도 잊을 수 있었다.

오늘 만난 여자들도 목표에 불과했다.

옆구리에 칼을 찔러 죽인 여자는 그림자가 누군지 알아본 것 같았다. 그녀는 죽기 전에 미안하다고 했다. 하지만 네가 준 기회를 놓칠 수 없다고 말했다.

또 다른 여자는 그림자를 호동이라고 불렀다. 그 이름을 듣는 순간 봉인되어 있던 기억이 되살아났다.

070 열차에서, 호동은 이성을 잃었다. 겁에 질린 채 어디로 이어지는지 알 수 없는 깊고, 복잡한 통로를 열었

다. 사람도, 열차도 어디론가 빨려 들어갔다. 줄 끊어진 연처럼 정처 없이 어둠 속에서 헤매던 호동이 정신을 차렸을 때, 그는 과거로 돌아와 있었다. 부모에게 버려진 어느 교회 보육원 앞으로. 그때부터 악몽이 시작되었다.

귀신 들린 것처럼 정신 줄을 놓고 배회하다 그들에게 붙잡혔다. 연구 대상이 되었고, 모진 고문과 세뇌 끝에 그림자로 거듭났다.

하지만 이젠 괜찮다.

어린 호동이는 더 이상 겁에 질리지 않을 것이다. 악몽에 시달리지 않아도 된다. 자신이 누군지조차 모른 채 공허한 매일매일을 보낼 필요도 없다.

그거면 됐다.

그림자는 빈 벤치에 걸터앉았다. 너무 많은 피를 흘렸다. 고단함이 밀려왔다. 눈을 감고 쌔근거리는 자신의 숨소리에 귀를 기울였다.

오래간만에 느껴 보는 평온함이었다.

창밖으로 은은한 달빛에 비친 알렉산드리아 시가지가 펼쳐졌다.

아담한 크기의 낮은 건물들이 길게 이어져 있는 가운데, 멀리 우뚝 솟은 첨탑이 보였다. 꼭대기에서 흘러나오는 은은한 불빛이 가까운 바다를 비추고 있었다. 내 기억이 맞다면 세계 7대 불가사의 중 하나인 파로스의 등대일 것이다. 먼 훗날, 등대는 허물어질 것이고 더 오랜 시간이 지나면 세계 7대 불사가의로 불리게 될 것이다.

나와 언니는, 아직 어린 예지는 어떻게 될까? 파로스의 등대는 한때 여기 있었다는 기록이라도 남겠지만 우리가 종말로부터 세상을 구했다는 건 아무도 모를 것이다. 그런 생각에 씁쓸해하고 있는데, 예지가 탄성을 질렀다.

"우와! 여기가 어디예요?"

"엄청 옛날. 사람들이 말 타고 다니던 시대."

내가 언니와 호동이를 떠올리는 순간, 그들이 들렀던 서울역에 도착했다.

원하는 시간대로 가는 방법은 간단했다. 상상하는 거다.

물론 나는 고대 알렉산드리아는커녕, 이집트에 여행가 본 적도 없다. 하지만 우주의 기억 속에는 알렉산드리아가 있을 것이다. 그걸 믿고, 언니가 일러 준 알렉산드리아의 어느 보물 창고를 떠올렸다.

우리는 열차에서 내려, 돌을 쌓아서 만든 집채만 한 건물로 걸어갔다. 싸한 느낌에 뒤돌아보니, 열차는 사라지고 없었다.

"헉! 어디 갔어?!"

놀라서 소리쳤다. 예지가 고개를 설레설레 저었다.

"다음 역으로 갔겠죠. 뭘 그렇게 놀라요? 어차피 꿈인데."

이건 꿈이 아니야. 우린 이제 집에 못 가. 다시 아카식 레코드로 들어가지 않는 한.

목구멍까지 차오른 말을 겨우 삼켰다.

건물 입구는 잠겨 있었다. 내일이면 도시 전체가 내전에 휘말릴 것이다. 건물은 탈탈 털릴 테고.

우리는 건물 주변을 둘러보다가 작은 통풍구를 발견했다. 예지를 무등 태워 통풍구로 올려 보냈다. 예지가 통풍구 안으로 작은 몸을 밀어 넣었다.

예지가 안에서 문을 열어 주었다. 내부는 어둑어둑했다. 안으로 스며드는 달빛에 의지해 부싯돌과 횃불을 찾아냈다. 몇 번이나 부싯돌을 부딪친 끝에 간신히 불을 붙였다. 안에는 온갖 잡동사니와 골동품이 가득했다. 보물 창고라더니, 왜 경비병이 없나 했다. 버리긴 아깝고, 쓰기엔 애매한 물건들을 처박아 놓는 창고에 불과했다.

예지에게 양피지에 대해 간단히 설명하고 찾아보라고

했다. 우리는 횃불에 의지한 채 시빌라 페이퍼를 찾았다. 여기저기 뒤적거리고 있는데, 돌돌 말린 양피지가 눈에 띄었다. 하나가 아니었다. 작은 항아리 안에 돌돌 말린 양피지 대여섯 개가 마구잡이로 꽂혀 있었다.

나는 하나씩 펼쳐서 내용을 확인했다. 고대 수메르에서 쓰던 쐐기문자에서부터 히브리어, 라틴어를 연상케 하는 문자로 쓰여 있는 것도 있었다.

전부 펼쳐 봤지만 시빌라 페이퍼는 없었다. 한숨을 내쉬며 머리를 쥐어뜯고 있는데, 예지가 나를 불렀다.

쓰레기통으로 쓰는 듯, 먹다 남은 과일 껍질 따위가 버려진 네모난 상자 안에 양피지 한 장이 삐죽 고개를 내밀고 있었다. 혹시나 하며 꺼내 봤더니, 역시나였다. 시빌라 페이퍼는 아무런 쓸모도 없다는 듯 버려져 있었다.

맞아. 쓸모없지. 아카식 레코드고 나발이고 모르는 게 약이니까.

나는 시빌라 페이퍼에 불을 붙였다. 양피지가 순식간에 타들어 갔다. 수백 년 묵은 체증이 쑥 내려가는 듯 속이 시원해졌다.

언니, 보고 있어? 내가 끝냈어.

"다 큰 어른이 무슨 불장난이에요?"

예지가 한심하다는 듯 쳐다보았다. 배에서 꼬르륵 소리가 났다.

"배고파?"

"괜찮아요. 꿈이잖아요. 어차피 여긴 먹을 것도 없는 것 같은데."

예지를 데리고 밖으로 나왔다.

우리는 불 꺼진 건물들을 향해 터벅터벅 걸음을 옮겼다. 과일나무라도 있으면 좋겠는데, 보이는 거라곤 이름 모를 잡초뿐이었다.

"악!"

예지가 앞으로 고꾸라졌다. 풀린 자기 신발 끈을 밟고 자빠진 것이다. 나는 예지를 일으켜 세우고 신발 끈을 묶어 주었다.

언니에게 배운 대로, 단단하게 매듭을 지었다.

"언니, 나 버리고 가면 안 돼요."

잠자코 나를 보던 예지가 불안한 목소리로 말했다.

"뭐 어때? 다 꿈이라면서?"

"꿈이 깨질 않잖아요. 난 여기 말도 모른단 말이에요."

"나도 몰라."

"큰일이네. 우리 그냥 죽어요. 그럼 깨지 않을까요?"

"그냥 즐겨. 언젠가는 깨겠지."

손을 내밀어 예지의 작은 손을 잡았다.

내 손에, 어린 나의 따뜻한 온기가 번졌다.

31。 미래

예지는 하루에도 몇 번씩 그냥 죽으면 안 되냐고 물어
본다.

그럴 때마다 진땀을 흘리며 둘러대야 했다. 언젠가 예
지도 이게 꿈이 아니란 걸 깨닫게 될 텐데. 그땐 뭐라고
하지?

예지는 이미 답을 알고 있는지도 모른다. 받아들이기
힘들어서 외면하고 있을 뿐.

우리는 한적한 어촌 마을에 자리를 잡았다. 마을 사람
들은 낯선 피부색에, 이상한 복장을 한 우리를 경계했다.

나는 그들이 쓰는 거울에 몇 초 뒤에 벌어질 일을 스트
리밍했다. 그때부터 우리는 이시스 여신의 딸과 손녀가
되었다. 지금은 로마 땅이지만, 이곳 사람들은 이집트 원
주민이다.

사람들은 선뜻 오두막집을 내어 주었고, 수시로 먹거리며 과일을 바쳤다. 나는 과묵한 예언자 행세를 하며 무위도식했다.

예지는 또래 아이들과 어울리고 싶어 했지만 쉽지 않았다. 무려 여신의 손녀딸 아닌가. 아이들은 슬금슬금 예지를 피해 다녔다. 예지는 굴하지 않고 스토커처럼 아이들을 쫓아다녔고, 지금은 함께 어울려 다니는 사이가 됐다.

"뭔 꿈이 이렇게 안 끝나요? 영영 깨지 않으면 어떡해요?"

해가 저문 늦은 저녁, 집에 돌아온 예지가 또다시 꿈 타령을 시작했다.

"좋잖아. 학교도 학원도 안 가도 되고."

"안 간 지 너무 오래됐잖아요."

"여기선 하루지만, 현실에서는 1분도 안 되는 시간이야. 꿈이란 게 원래 그래."

거짓말을 자꾸 하다 보니, 이제는 꽤 능숙해졌다.

"말도 안 되는 소리."

거짓말을 자꾸 듣다 보니, 쉽게 속지 않는다는 게 문제다.

예지의 성화를 잠재우려면 여길 떠나야 한다. 예지에게 익숙한 곳으로. 미래로 돌아가야 한다. 한편으론 그냥 여기서 오랫동안 머물고 싶기도 했다.

우리는 과거를 바꿨다. 미래는 바뀔 것이다. 제레미 아이즈너는 아카식 레코드로 들어가려 하지 않을 것이고, 케테르 재단이라는 범죄조직은 존재하지 않을 것이다. 070 열차가 사라질 일도 없다. 하지만 어떤 미래는 바뀌지 않을지도 모른다. 어릴 적 겪은 탈선 사고 같은 것. 어느 시점에서 또 다른 예지가 태어날 것이고, 운명처럼 탈선 사고를 겪고, 부모님을 잃게 될지도 모른다.

어쩌면 탈선 사고는 일어나지 않을지도 모른다. 시빌라 페이퍼와 탈선 사고는 직접적인 관계가 없지만, 과거가 바뀌면서 미래에 벌어질 모든 일이 달라질 수도 있다. 나비의 날갯짓이 지구 반대편에서 태풍을 일으키는 것처럼. 어쩌면 현예지가 남자로 태어날 수도 있고. 그러지 않길 바라지만.

아무튼 또 다른 현예지는 언니와, 나와, 어린 예지와는 전혀 다른 미래를 살아가게 될 것이다. 그건 언니도, 나도, 어린 예지의 미래도 아니다.

어쩌면 나와 어린 예지는 우리만의 보금자리를 찾아야 하는지도 모른다. 그게 어딘지는 모르겠지만.

김칫국 마시지 말자. 당장 미래로 갈 방법이 없는데 무슨.

다음 그랜드 크로스까지 얼마나 남았을까? 그날을 기다리다 늙어 죽게 될지도. 다른 방법을 찾아야 한다. 신호를 증폭시킬 다른 방법을.

나는 관자놀이를 주무르며 지끈거리는 머리를 식혔다.

다마고치가 배고프다고 삐약거렸다. 버튼을 눌러 밥을 주었다. 다마고치 배터리도 다 되어 간다. 배터리가 있다 해도, 미래로 갈 연료가 없다. 핵융합 연구소에서 얻은 에너지는 과거로 오면서 다 써 버렸다. 무용지물인 다마고치를 가지고 있는 건 언니 때문이다. 언니가 나에게 맡겼으니까. 자기가 날 돌본 것처럼, 잘 돌봐 주라고 했으니까.

언니가 보고 싶었다.

"언니!"

예지가 눈을 동그랗게 뜨고 나를 불렀다.

창밖에 사람 그림자가 아른거렸다. 누군가 똑똑 문을 두드렸다.

마을 사람이 조공을 바치러 왔나? 고기면 좋겠는데.

뻔뻔한 생각을 하며 문을 열었다. 머리를 길게 늘어뜨린 중년 여자가 안으로 불쑥 고개를 들이밀었다.

"누구……."

무심코 한국말을 내뱉었다.

여자는 화장기 없는 동양인, 왠지 한국인처럼 보였다. 펑퍼짐한 후드티에 레깅스, 크록스를 신고 있었다.

"한국에서 왔어요?"

말을 하고 나서야 아차 싶었다. 지금은 기원전 47년. 279

한국인 관광객이 있을 리 없다.

"등신 같은 소리 좀 하지 마라."

여자가 투덜거렸다. 신경질 가득한 말투에 반사적으로 언니가 떠올랐다.

"설마……?"

"언니는 죽었잖아."

여자가 냉정한 말투로 선을 그었다.

"그러면 당신은……."

"너야. 감 잡았으면서 뭘 물어?"

미래에서 온 내가 말했다.

"참고로 말해 두는데 쟤 사춘기 꼬장 장난 아니다. 후회하기 싫으면 그냥 사실대로 털어놔."

그 말에, 반사적으로 예지를 돌아보았다. 예지는 상황 파악이 안 되는지, 물음표 가득한 표정으로 우릴 보고 있었다.

"내가 뭐라고 불러야 해? 언니?"

"너한테 언니는 하나뿐이잖아. 호칭은 나중에 정리하자."

"데미안은? 우리 다시 만났어?"

"그 얘긴 하지 말자. 민망하다."

나이 든 내가 한숨을 내쉬었다.

"여긴 왜 온 건데?"

"너는 미래를 바꾸는 데 성공했어."

나이 든 내가 말했다.

"근데 너하고 언니가 놓친 게 있었어. 제레미 아이즈너한테 투자자가 있었거든."

"투자자?"

"교단이라고 불리는 녀석들인데, 사고를 아주 거하게 쳤어. 나 혼자서는 수습 못 해. 너희들이 좀 도와줘야겠어."

나이 든 내가 주머니에서 다마고치를 끄집어냈다. 이번엔 초록색이었다.

"또 다마고치야?"

"이래 봬도 성능 하나는 끝내준다고. 그리고 이거, 네가 만든 거거든?"

나는 예지를 데리고 오두막을 나섰다. 나이 든 내가 다마고치에 달린 버튼을 눌렀다.

"우리 어디 가요?"

예지가 우리를 보며 물었다.

"이제 꿈 깨야지. 평생 잘래?"

나이 든 내가 말했다.

다마고치에서 뿜어져 나온 눈부신 빛무리가 우리 셋을 둘러쌌다.

"우리 인생은 왜 이 모양이야? 좀 편하게 살면 안 돼?"

내 푸념에, 나이 든 내가 피식 웃으며 말했다.

"그래서 팔자가 무서운 거란다."

281

같이 읽고 싶은 이야기
텍스티 (TXTY)

텍스티는
모두가 같이 읽고 싶은 이야기를
만들고 제안합니다.

읽고 나면
주변에서 벌어지는 일에 관심이 생기고
다른 이들과 나누고 싶어지는 이야기를 만들겠습니다.

계속해서
이야기의 새로운 재미를 발견하고
이야기를 통한 공감이 널리 퍼지도록 애쓰겠습니다.

텍스티의 독자라면 누구나
이야기 곁에 있도록 돕겠습니다.

아카식

초판 1쇄 발행	2024년 9월 24일
지은이	해원
사업 총괄	조민욱
책임 편집	조민욱
IP 제작	김하명 박혜림 이원석
IP 브랜딩	홍은혜 유수정 텍수LEE
IP 비즈니스	조민욱 김하명
경영지원	박영현 김미성 손혜림
교정·교열	정승혜
예타단 1기	신효영 이현수 천희원
일러스트	양면테이프(박주현)
디자인	그리너리케이브
북-음	최희영
인쇄	금비피앤피
배본	문화유통북스
발행인	유택근
발행처	㈜투유드림
출판등록	제2021-000064호
주소	(02810) 서울특별시 성북구 종암로13길 16-10
대표전화	02-3789-8907
이메일	txty42text@gmail.com
인스타그램	@txty_is_text
홈페이지	http://www.toyoudream.com
ISBN	979-11-93190-16-6(03810)
정가	15,600원